「んっ、ふぅ……っ」
舌をからめるキスも、この二週間ですっかり慣れた。
ティアナがもう逃げないとわかったからか、
オーガストは両手を彼女の太腿から離して、髪や肩を撫でてくれる。

身代わり姫は隣国の勇猛王に溺愛される

佐倉 紫

Vanilla文庫

身代わり姫は隣国の勇猛王に溺愛される

目次

イラスト／ＫＲＮ

第一章　身代わりの花嫁

「噂(うわさ)には聞いておりましたが、修道女様は本当に、この国の王女様にそっくりですねぇ」

　町の男の何気ない言葉に、灰色の修道服に身を包むティアナは、うっかり帳簿を取り落としそうになった。

「き、きっと、髪の色が王女様と同じ色だからでしょう。銀髪はこのあたりではめずらしいですからね。は、ははは……」

　動揺を隠しきれずあさっての方向を向きながら、ティアナは引き攣(ひきつ)った笑みを浮かべる。

　しかし彼女の心情に気づいているのかいないのか、声をかけてきた町の男も、一緒にいる男たちも「いやいや、本当に似ているんですわ」と譲らなかった。

「髪の色ももちろんですが、お顔立ちとかたたずまいとか本当にそっくりなんですよ！」

「そうそう。先日、三つ隣の町に王女様が巡礼に訪れるって言うんで見に行ったんですがね。遠目に見ても、本当に修道女様にそっくりで！」

「うわさには聞いていましたが、これほど似ているのかとそりゃあ驚きましたとも」

うんうんうなずく男たちに、ティアナはあいかわらず口元を引き攣らせながらも、とにかく話を変えようと、奥からワイン樽を転がしてきた。

「はい、これが新しくできたワインです！　販売のほう、よろしくお願いしますね」

「はいはい。こちらの修道院で作られるワインは街でも人気ですからね。また高く売ってきますよ」

樽を荷台に載せた町の男たちが、どんっと胸を叩いて請け負う。ティアナは「お願いしますね」とやや切実に頼んだ。

「納屋の屋根が壊れてしまったので。このワインが修理代に代わるとありがたいのです」

「そりゃあ大変だ。任せてください！　ララス修道院名物、王女様そっくりの修道女様のためにも、高値で売ってきますからね！」

「ひ、ひとのことを勝手に名物呼ばわりしないでください」

ティアナはわざと怒った顔をしてみせるが、町の男たちはゲラゲラ笑うばかりだ。

ワインの樽を三つも四つも載せた荷車を引いていく姿は頼もしいのに……。ティアナは彼らが見えなくなるなり、思わず大きく息をついてしまった。

「王女様そっくり、かぁ……」

自分の頬を手のひらでぐりぐりやりながら、ティアナは悩ましい顔で修道院の敷地内に戻る。

するると彼女の悩みを吹き飛ばすがごとく、子供たちの元気な声が聞こえてきた。

「――ティアナ！　町のひととの話は終わった？　遊ぼうぜー！」

わっと群がってきたのは、修道院に隣接する孤児院の子供たちだ。

彼らのうしろにはへとへとになった修道女が二人いて、懇願するような目でこちらを見ている。おそらく体力のありあまる子供たちに朝から振り回されて、限界なのだろう。

ティアナは悩ましい気持ちをいったん脇に追いやるために、意識的に明るい笑顔を浮かべて、ぱんっと音高く手を叩いた。

「よぉし、じゃあ増やし鬼をして遊びましょう。わたしが鬼よ！」

「きゃー！　みんな逃げて～！」

「きゃはははは！」

笑い声を上げながら、二十人近くいる子供たちがいっせいに逃げはじめる。

ティアナも修道服の裾を翻して子供たちを追いかけ、しばし憂鬱の種から目を逸らそうとするのだった。


ティアナは孤児だ。まだ臍の緒も取れていない赤ん坊のうちに、このララス修道院の門前に捨てられていた。

孤児院に引き取られ、十二歳までほかの孤児と同じように育てられた。十三歳になってから今日までの五年間は、修道女見習いとして奉仕している。修道の誓いを立てるのは二十歳からという決まりがあるので、あと二年は見習いとして暮らす予定だ。

だが物心つく前からここで暮らし、今では老齢の修道女たちに代わって、町の人間とのやりとりや帳簿付け、孤児院の子供たちの面倒まで任されているティアナだ。もうほとんど一人前の修道女として認められているようなものである。

そんな彼女の近頃の悩みは、修道院の外の人間から「王女様に似ている」と言われることにあった。

どうも都に住まう王女様は、ティアナと同じ緩やかに波打つ銀髪と、海のような真っ青な瞳、抜けるような白い肌をしていらっしゃるらしい。

王国の北のほうには銀髪や金髪の人間が多いらしいが、南のこのあたりは栗色(くりいろ)や黄土色(おうど)の髪のひとがほとんどだ。だからこそよけいに、銀髪のティアナが王女に似ているという噂が広がったのだろうと思っていた。

（庶民は王城のバルコニーに出ていらっしゃる王女様を遠目に見られればいいほうだと聞くわ。こまかい顔立ちまでわかりはしないのだから、似ていると言われても、正直なところ困ってしまうのよね）

それに、王女に似ていると言われ出した一年ほど前から、ティアナ見たさにララス修道院の周囲をうろつく人間が格段に増えた。ほとんどは物見遊山だと思うが、その中に紛れて、よからぬ心を持った人間が入り込まないとも限らない。

世の中には孤児を攫(さら)って奴隷として売り出す不届き者や、幼い子供をなぶって楽しむ不心得者もいるという。修道院長にそう教えられたときは震え上がる思いだった。自分が話題になることで、愛する子供たちが悲しい目に遭うのは絶対に避けたい。

だがティアナが王女に似ているからこそ、修道院で作っているワインをはりきって売り出してくれる町の男たちや、見物がてら寄付に訪れる人間がいるのも間違いないのだ。

（王女様に似ていると言われるおかげで、いいことも悪いこともあった……）

そのため、見知らぬ王女になんとも言えない気持ちを抱えていたのだが、これが一変したのが三日前の夜のことだ。

三日前、件(くだん)の王女がおつきの騎士とともに、秘密裏にこのララス修道院にやってきたのだ。

修道院長にこっそり呼び出され王女と対面したティアナは、思わずあんぐりと顔を上げて王女をまじまじと見つめてしまった。

王女のほうも、ティアナを前に同じような顔をして固まってしまっていた。

それほどまでに二人の姿はそっくりで、鏡に映したようにうりふたつだったのである。

（あれから三日……。王女様は昨日も一昨日も、夜中にここを訪ねていらしたけれど）

今夜もいらっしゃるのかしらと、一日の奉仕を終え自室で聖書を読んでいたティアナは落ち着かない気持ちで顔を上げる。

窓の外を見ても、見えるのは修道院を囲む高い塀と森ばかりだ。王女の訪れがあってもわからないのに、なんとなくそわそわしてしまう。

（それもこれも、王女様がわたしに無理難題を頼もうとなさってくるからだわ）

その内容を思い出し、ティアナはため息をついて、パタンと聖書を閉じた。

「とても眠れたものではないわ。王女様がくるにしてもこないにしても、一度聖堂に行ってお祈りしてきましょう」

着古した夜着を脱ぎ、ティアナは灰色の修道服に袖を通した。いつもは頭巾も被るのだが、夜中なのでそれは省いていいとする。

宝物である指輪を通した革紐を首から提げ、修道服の内側にしまいながら、彼女は手燭を持ち静かに自室を出た。

毎日祈りを捧げている聖堂は、夜はひときわ静まりかえって、静謐な空気を増しているように思える。

ティアナは手燭を椅子に置くと、神像の前にひざまずいて祈りをはじめた。

（神様、迷えるわたしをお導きください。王女様は三日前から連日ここを訪れては、わたしにあることを依頼してくるのです）

三日前、はじめて王女と顔を合わせたときのことを思い出し、ティアナはついくちびるを噛みしめてしまった。

王女フリーデは、自分そっくりとうわさされる修道女見習い・ティアナに会うために、わざわざここまで足を運んだという。

夜中に突然起こされ寝ぼけ眼で院長室に入ったティアナは、自分そっくりの王女の登場はもちろんその言葉にも驚いてしまって、眠気が吹き飛ぶのを感じた。

「なぜ、わたしに逢うために旅など……。はっ、も、もしかして、町の方々が『王女様そっくりの修道女が手がけたワイン』を販売している話を、お聞きになったのですか？」

そうだとしたら、自分も町民も王女の名を勝手に宣伝に使った罪で裁かれるのだろうか？

そう真っ青になるティアナに、王女フリーデは「違います」と即答した。

「とはいえ、そのふれこみも、わたくしそっくりの修道女がここにいるという確信の一助になったので、まったく関係ないとは言わないけれど」

「ではどうしてわたしなどに……」

「時間がないので単刀直入に言うわ。ティアナ、どうかわたくしのお願いを聞いてちょうだい。あなたにはわたくしのフリをして、隣国の国王に嫁いでいただきたいの」

「……」

思い詰めた顔で頼まれるが、内容があまりに突拍子もないことだけに、ティアナはすぐに反応を返せなかった。

固まるティアナに対し、王女フリーデはテーブル越しに身を乗り出して、熱心に語りかけてくる。

「非常識なことを頼んでいることはわかっているわ。でも、わたくしはどうしても隣国に嫁ぎたくないの。だから結婚前に国内を巡礼して心を落ち着けると言って、わたくしそっくりの修道女がいると聞くここまで旅してきたのよ。あなたに身代わりを頼むために！」

ようやく我に返ったティアナは、フリーデが身を乗り出したぶんだけのけぞって、ぶんぶんと首を手を横に振りたくった。

「待ってください王女様。身代わり、それも隣国の王様と結婚なんて絶対に無理です！」

非常識を通り越してとんでもないお願いだ。いくら王女様と言っても……いや王女様だからこそ、こんな大それたことを口にしていいはずがない。

それを視線で訴えると、身を乗り出していたフリーデ王女はくちびるを噛みしめ、長椅子にストンと座り直した。

「酷な頼み事をしているのはわかっています。でもどうか引き受けると言って。もし聞き届けてくれるなら、敷地内の建物をすべて建て直してもあまるほどのお金を寄付します」

王女のまなざしは真剣だった。それだけに、うそをついているとは思えないが……。

「む、無理です。王女様の身代わりなんて。どんなにお金を積まれようと、自分と違う人間になるなんてこと、できるはずがありませんもの……！」

ティアナはかすれた声で訴える。だがフリーデ王女も引いてくれない。

「無理を承知でお願いしているの。このイヤリングも指輪も、ドレスだって全部あげるわ。だからどうかわたくしを助けて……！」

よほどせっぱ詰まっているのか、フリーデ王女は本当に宝飾品をはずそうとする。

それをあわてて止めながらも、ティアナは王女の必死な様子におおいにとまどった。

「あの、なぜ隣国に嫁ぎたくないのですか？　お相手となる方が好きでないとか……？」

フリーデ王女は痛ましい顔で首を横に振った。

「王族同士の結婚に好きもきらいもあったものではないわ。わたくしも王命とあらば、どんな相手にでも嫁ぐ心づもりで生きてきました。それが王女の務めだから。でも……」

一度目線を下げたフリーデ王女は、次のときには決然とした面持ちで顔を上げた。

「一生をともにしたい相手と出会ってしまったの。わたくしは彼と結婚したい。お父様にも時期を見てお話しするつもりだったわ。けれど……その前に、今回の結婚が決まってしまったから」

「まぁ……」

どうやら王女には激しく恋い慕う相手がいるようだ。

ティアナはふと、フリーデの背後で黙りこくっている騎士の姿に気づいた。

「もしかして、一緒にいらっしゃる騎士様が、その……？」

フリーデは迷いのない瞳でうなずいた。

「わたくしの護衛騎士の一人よ。家柄も騎士としての功績も申し分ない。隣国との結婚話が上がらなければ、お父様もお認めになる相手だと思っていたのに……」

それだけによけいに、自分の意思を引き裂くように決まった結婚が許し難いのだろう。

「王女としていけないことを言っているのはわかっているわ。でも、わたくしは彼と添い遂げたいの。どうかわかって」

「わたしからも、重ねてお願い申し上げます」

背後にいた騎士がはじめて口を開く。思慮深い声とともに頭を下げられ、ティアナはより困惑した。

とっさに修道院長に助けを求めると、それまで黙って話を聞いていた院長はようよう口を開く。

「その、王女様と結婚される隣国の王とは、どちらの国の王様なのですか？」

「この国の東に位置するユールベスタス王国の王、オーガスト陛下よ」

　フリーデのよどみない答えに、修道院長は息を呑んだ。

「――まぁ！　ユールベスタスと言えば、長く内紛が続いていた国でございましょう？　そんな恐ろしい……」

「ええ、でも、近年は争いもすっかりなりを潜めて、それなりの発展を遂げてきている国です。暮らしに不自由はないと思うわ。我が国との関係もそう悪くないし」

「それでも、そんな遠いところにティアナを行かせるなんて」

　修道院長はたちまち眉を逆立て、断固とした面持ちで首を横に振った。

「赤ん坊の頃にここに捨てられていたティアナは、わたしにとってもこの修道院にとっても、可愛い大切な娘なのです。いくら王女様の懇願とは言え、娘をそのような場所に向かわせるなど認められませんわ」

「でも……！」

「王命ならまだしも……王女様の恋ゆえのわがままのために、神に仕える娘を俗世に向かわせるなど、言語道断です」

　修道院長はきっぱり告げる。王女相手でも一歩も引かない毅然とした態度にはティアナへの愛情がにじみ出ていて、ティアナは思わず胸が詰まった。

しかしフリーデのほうは、そう簡単に納得できないらしい。その後も怒りや涙も交えて、身代わりを頼み込んできた。

「いくら懇願されても、うなずけません。お引き取りください」

修道院長は断固とした声音で告げて、最後は王女と騎士を修道院の敷地から追い出してしまった。

「だ、大丈夫でしょうか、王女様を追い出すなんて……」

「ああでもしないと帰ってくださらないでしょう。王女様の身代わりなんてとんでもないわ。まして隣国に嫁げなんて、なにを考えていらっしゃるのやら」

修道院長はあきれた様子で門を閉ざしたが……フリーデ王女はまだあきらめていなかったらしく、翌日も、そのまた翌日も説得にやってきた。

そのたびに修道院長が追い返すのだが、ティアナはしょんぼりしながら帰って行く王女のうしろ姿を見るのがどうにも堪えてしまった。

そうして気づけば、フリーデ王女のことばかり考えてしまっている。

(修道院長様のおっしゃるとおり、王女様の身代わりになり、隣国に嫁げなど、とんでもないことだと思います。けれど……愛するひとと生きる道をあきらめられず、必死になる王女様がお気の毒で、見るのもつらくて……。わたしはどうすればよいのでしょうか)

答えのない問いを、ティアナは何度も胸の中でくり返す。

　そうしてどれくらい経っただろう。どこからかあわただしい足音が聞こえて、聖堂の扉がいささか乱暴にバンッと開け放たれた。

「ティアナ⁉　ああ、ここにいたのね。よかった……！」

「修道院長様？」

　息せき切って入ってきたのは老齢の修道院長だ。ぜいぜいと息を切らす彼女を、ティアナはあわてて両手で支えた。

「いったいどうしたのですか？　こんな夜更けに息を切らして……」

「あなたが部屋に、ごほっ、いなかったから、連れさらわれたのではないかと思って……」

「連れさらわれるって……まさか、王女様に？」

　修道院長は大きくうなずいた。

「さすがの王女様も、人さらいのような真似事などしないと思いますが……」

「いいえ、わからないわ。追い詰められた人間というのは、なにをしでかすか本当にわからないものなのよ……。ごほっ。現に王女様は騎士とともに、現在行方不明なのだから」

「えぇっ……⁉　どういうことですか？」

　修道院長は咳き込みながらも端的に説明した。

「今、王女様の侍女頭がやってきてね、王女と騎士がこっちにきていないかって言ってきて……どうやら夕方に出かけてから、滞在中の宿に帰っていないみたいなのよ。だからあなたを無理やり誘拐して、そのまま隣国に向かったんじゃないかと思って……」

「でも、わたしはこの通り無事です。……ということは、王女様たちはどちらに……」

ティアナの頭に、院長の『追い詰められた人間はなにをしでかすかわからない』という言葉がふっとよぎる。

いやな予感に真っ青になって、ティアナは思わず息を呑んだ。

「とにかく……探しましょう。そう遠くへは行っていないですよね？」

確認というよりは、そうであってほしいという願望とともにつぶやき、ティアナは手燭を摑(つか)んで聖堂を走り出る。

ただ探すと言っても、修道院の敷地から出たことがないティアナには土地勘がまったくない。唯一わかるのは裏手に広がる森くらいなものだ。

だがティアナは直感的に、森に駆け込んだ。

「フリーデ様！　騎士様！　いらしたら声を上げてください！　フリーデ姫様……！」

暗い森の中を、ティアナはひたすら進んで行く。キノコを採ったりするために、ある程度道が踏みならされているが、あまり奥のほうだと、こう暗いと捜索は無理だ。

そのギリギリのところまで入っていったティアナは——。

「フリーデ様……⁉」

大木の陰になっているところに女性の影を見つけて、ティアナは思わず声を上げる。なにかを振りかぶっていたようだったその影は、ティアナに気づくなり、すぐにでもそれを振り下ろそうとした。

「駄目――‼」

本能的に止めなければという気持ちに駆られ、ティアナはとっさに足下に落ちていた枝を投げつける。

「きゃあ！」

それなりの太さの枝は影にバシッとぶつかり、相手をひるませた。

ティアナはそのまま突進して、短剣を手にしたフリーデに抱きつくように拘束する。勢い余って枯れ葉だらけの地面を転がると、一緒にいた騎士が「姫！」とあわてて駆けつけてきた。

「フリーデ様！　いったいなにをするおつもりだったのですか⁉」

ドキドキする心臓をなだめ、ティアナは必死に声を上げる。そしてフリーデの手から短剣をもぎ離した。

指の関節が白くなるほどの力で短剣を握っていたフリーデは、刃物が離れた途端に緊張の糸が切れたらしい。わっと声を上げ、顔を覆って泣き出してしまった。

「フリーデ姫……」

一緒にいた騎士が痛ましそうな顔で近づいてくる。フリーデの背をさすっていたティアナは、思わずキッと騎士を睨んでしまった。

「フリーデ様をお守りするはずのあなたが、どうして彼女に刃物を渡したりするのですか⁉　まさかとは思いますけど……わたしが身代わりを引き受けないと言ったから……」

——将来を悲観して、心中しようとした？

あまりに恐ろしい予想に、さすがに声が詰まって出てこなくなる。

答えは騎士ではなく、腕の中のフリーデが明かした。

「そうよ！　だって、しかたないじゃない！　あなたは何度お願いしてもうなずいてくれないし、巡礼の日程を延ばすこともこれ以上はできない……っ。王城に帰ったらすぐに婚礼の準備がはじまる。そんなの耐えられないものっ！」

わああっとフリーデが大声を上げて地面に突っ伏す。きれいなドレスが汚れるのも、髪が乱れるのも、もうどうとでもなれとばかりに身を投げ出す王女を見て、ティアナの心はどうしようもなく乱された。

「心中など、愚かなことだとわかっております」

大泣きするフリーデの肩に手を置いて、騎士も苦渋の表情で絞り出した。

「ですが、彼女が隣国に嫁ぐのを見送るなど、わたしにもできそうにない……それくらいなら、いっそ、と……そう思ったのです」

「そんな……っ。たとえどんな理由があろうと、自分の命を自分で絶つなんてもっともいけないことだわ。それを……」

「神様に祈るばかりの毎日を送っているあなたにはわからないわ！　叶わぬ恋に身を焦がすのがどれだけつらいことか……！　生きながら火に焼かれるようなものなのに。わかったような口を利かないでよ……！」

　フリーデが涙まみれの顔で怒鳴ってくる。ティアナは思わずびくっと気圧されてしまった。

　確かに自分は、異性どころか限られた人間としかふれあえないから、恋がどういうものかは少しもわからない。

　ただフリーデにとって恋とは、産まれたときから課せられている王女としての使命や命すら捨てさせるほどに、大きくままならない感情なのだ。

　そのとき修道院の方角から、明かりを持った修道院長がぜいぜい言いながら走り寄ってくるのが見えた。

「ここにいらしたのですね……！　早まった真似をしないかと思っていましたが……」

　安堵の顔を浮かべていた修道院長は、ティアナの手に短剣があるのに気づいてたちまち顔をこわばらせた。

「ああ、王女様、まさかそんなものを持ち出すなんて……っ」

修道院長が手振りで短剣を寄越せと言ってきたので、ティアナは柄のほうを院長に向けて言われたとおりにした。

「おお、フリーデ様……」

そのとき院長のあとを追うように、もう一人の老女が近寄ってくる。フリーデがはっと顔を上げた。

「ダーナ……！　どうしてここに」

修道院長より少し小柄な老女はフリーデに抱きつくと、怪我や傷ができていないか丹念に確認した。

「お出かけになるフリーデ様がいつになく張り詰めたお顔をされていたので、もしやよからぬことを考えておいでではないかと、宿から追いかけてきたのです」

……ということは、この老女が院長の言っていた王女の侍女頭か。

彼女もまた王女の道ならぬ恋に心を痛めているのか、目にいっぱいの涙を溜めて、フリーデの手をいたわしそうになでていた。

「だって……もうこれしか方法がないのだもの。わたしと彼が一緒になるには……」

ぽろぽろと涙をこぼしながら、フリーデは大きく身を震わせた。

「ここへくるまでだって、何度も思ったわ。王女として間違ったことをしている、ひととしても間違ったことをしているって。でも、それでも……愛するひとと離ればなれになることだけはできないの……‼」

再び泣き出したフリーデを前に、ティアナはどうしようもなく立ちつくしてしまう。

フリーデも半ば自暴自棄になっているのか、気遣わしげな侍女頭にさえ「離してよ！」と大声を上げた。

「あきらめて隣国に嫁げと、結局わたしに言うのでしょう⁉　もうかまわないで。自由にさせてよ……！」

言葉どおり自由にさせたら、今度こそ人知れず命を絶ちそうな勢いだ。

ティアナはとっさに、そんなフリーデの腕を摑んでいた。

「だったら、わたしが身代わりになって隣国に嫁ぎます……！」

「ティアナ⁉」

ひっくり返った声を出したのは修道院長だ。彼女は真っ青になってティアナをフリーデから引きはがし、その背後にかばった。

「心優しいあなたのことだから、王女様に同情してそう思ったのでしょうけれど、おやめなさい！　身代わりなんてとんでもない……もしバレたら、今度はあなたの命が危ういことになるのよ⁉」

修道院長の必死の言葉と表情に、ティアナは泣きそうになってしまう。

院長の心配が痛いほど伝わって胸が乱れてしまうが、それでも、自分の言葉を取り消すつもりはなかった。

「だって……わたしが引き受けなければ、結局フリーデ王女様は自分から命を絶つことをやめやしないわ。わたしが駆けつけるのがもう一歩遅かったら、王女様はきっとその短剣でご自分の胸を刺していらした……」

修道院長が取り上げた短剣をはっと見下ろし、なんとも苦い顔つきになる。

「それでも……わたしは反対です。王女様のためにあなたの命が危うくなるなんて！」

「もちろん、そんなことにはならぬように、わたしが責任を持って修道女様を王女様らしく教育いたします」

修道院長の前に立ちはだかったのは、王女の侍女頭である老女だった。

その老女は、そのときになってはじめてティアナと正面から対峙したが、彼女があまりに王女そっくりだったためだろう。目が合うなり大きく息を呑んで、そのまま固まってしまった。

「ダーナ……？」

フリーデ王女もさすがにとまどった様子で声をかける。

硬直していた老女ダーナは、はっと我に返った様子で、何度もまたたいた。

「あ、ああ、失礼。話には聞いていましたが、ここまでフリーデ様にそっくりとは……」

彼女は改めてティアナを見つめ、大きくうなずいた。

「修道院でお育ちになったのなら、所作や言葉遣いもさほど問題はないとお見受けします。あとは多少知識を入れていただければ、生まれながらの王女と名乗っても差しつかえがないほどになるでしょう」

「そうは言ってもねぇ……！」

「お願いです、院長。彼女をわたくしの身代わりとして引き取らせてください……！」

ティアナの考えが変わることを恐れてか、フリーデがここぞとばかりに修道院長に取りすがった。

「彼女が身代わりを引き受けてくださるなら、もう心中や自害なんて考えません。彼と一緒に気づかれないように逃げて、静かに暮らすわ。お願いですから……！」

「そんなことを言われても困ります……！」

修道院長はなお反対の意志を崩さない。だがティアナの腹はもう決まっていた。

「王女様が叶わぬ恋のために命を絶つほうがずっと大変なことです。そうでしょう？」

「それは……！」

「ダーナさんからもお墨付きを得ましたし、なんとかなると思います。それに……」

ティアナはふと口をつぐみ、ハラハラと涙を流すフリーデを見やる。

ティアナとてわかっているのだ、この身代わり話を引き受けるのがどれほど危険で無謀なことか。バレれば命も危うくなることも。

（でも……それでも……）

自分でも本当に不思議なことではあるが……目の前の王女様に泣かれると、ティアナまで身を切られるようなつらく苦しい気持ちになってくるのだ。

フリーデが脅しでもなんでもなく、身代わり話を引き受けてくれないなら命を絶つと覚悟を決めていることも伝わってくるのだ。

（そんなことは絶対に駄目！　フリーデ様を見殺しにすることなんてできないし、したくもないわ……！）

なんとかしてフリーデの助けになりたい。その一心で、ティアナは修道院長をまっすぐ見つめた。

「どうかお許しください、院長様。フリーデ様が命を絶つくらいなら、わたしが隣国に嫁ぎます」

修道院長はそれでもとまどった顔を崩さなかったが、フリーデとダーナ、それに騎士からも懇願されて、最後は大きくため息を吐き出した。

「ああもう、ティアナ、あなたは素直なのにこうと決めたら譲らないがんこなところがあるから……わかりました。あなたの心のままにお行きなさい」

「院長様……！」

「ですが、この子を危険な目に遭わせることは絶対に許しません。この子の親代わりとして、優秀な修道女を手放す院長として、この子のことを心から頼みます」

修道院長はダーナに向けて毅然とした面持ちでそう告げる。

ダーナもまた、同世代の修道院長の気持ちを汲んで、しっかりうなずいた。

「ティアナ様のことはわたしが身命を賭してお守り申し上げます」

成り行きを見守っていたフリーデが「ああ……！」と歓喜の声を上げ、その場に座り込む。安心したあまり腰が抜けたようだ。

「王女様、大丈夫ですか？」

「ああ、ティアナ……！　あなたは救いの女神だわ。本当に、本当にありがとう……！」

駆け寄ったティアナに、フリーデはひしと抱きついてきた。ティアナもとっさに王女を抱きしめ返す。

立ち上がると、二人の背丈も視線の高さも、本当に同じであることが改めて認識できた。なんという数奇な出会いであろう。フリーデも同じように感じたのか、二人は抱擁を解いても、しばらくじっとお互いを見つめ合ってしまった。

「フリーデ様」

「……あ、そ、そうね、ぼうっとしている時間はないわ。そうと決まればすぐに動かなければ。まずはお互いの服を取り替えましょう」

一転してしっかりした声を出した王女に、ティアナもはっと我に返った。

「えっ。もしかして、もう出発しないといけないのですか……？」

ぎょっとするティアナに、すっかり気力を取り戻したらしいフリーデ王女は「もちろんよ」とうなずいた。

「万一、見つかって連れ戻される可能性を考えれば、一刻も無駄にはできないもの」

その後、ティアナとフリーデは院長室に入って、お互いの衣服を取り替えた。

修道服は頭から被ればすぐに着られるからいいが、背中側に紐（ひも）があるコルセットやドレスはそうはいかない。

フリーデが修道院長についてティアナの私室に案内されているあいだ、ティアナはダーナの手を借りて四苦八苦しながらドレスを纏（まと）った。

「サイズもぴったりでございますね。ウエストが少し緩いですが、コルセットを緩めればいいだけの話です。慣れないうちはそのほうがお楽でいいでしょう」

「ありがとう、ダーナさん……」

「どうぞダーナと呼び捨ててくださいませ。これからはわたしがあなたの侍女頭になります。……あっ！」

「どうしたの？」

ティアナの前に回ったダーナは、皺（しわ）の寄った目をこれ以上ないほど見開き、ティアナの首元に視線を注いだ。

「そ、その指輪は……」

「ああ、これ？」

麻の紐が通された銀の指輪を手に取り、ティアナははにかんだ。

「赤ん坊のわたしが修道院の前に捨てられていたとき、おくるみに縫い止められていたものなのですって。わたしの身元を証明するものかもしれないから、修道院長様からはずっと持っているように言われていたのだけど……」

もしかしたら王女に成り代わるにあたって、外さないといけないのだろうか？

不安になってダーナを見ると、息を詰めていた老侍女はすぐに深くうなずいてみせた。

「それなら、どうぞ今後も大切に持っていらしてください。よい品のようですから、王女様の私物と言っても怪しまれることはないでしょう」

「ああ、よかった。宝物だったから安心したわ」

ティアナはほっと胸をなで下ろして、指輪を両手で包んで感謝の言葉をつぶやいた。

そうしてなんとかドレスに着替え終わると、ダーナとともに修道院の門へ出て行く。そこでは修道院長とフリーデ、そして彼女の恋人の騎士が待っていた。ダーナが乗ってきたという馬車も停車している。

「宿までの御者はわたしが勤めますので、どうぞご安心ください」

騎士が胸に手を当てて軽く一礼する。ティアナは「お願いします」と緊張しながらうなずいた。

「ええと、フリーデ様はこれからどうなさるのですか……？」

自分の修道服を着たフリーデを今一度見て、ティアナは「別人とはわからないわね」と思わずうなった。

フリーデも同じことを思ったらしく「わたくしを鏡で見ているみたい」と不思議そうな顔でつぶやく。

「わたくしのこれからのことなら心配しないで。策は考えてあるし、彼ともダーナとも打ち合わせ済みだから。だからあなたはあなたのことだけ考えれば大丈夫」

「わかりました……。でも、あの、約束していただけますか？」

今一度フリーデに向き合い、ティアナは真剣な顔で王女を見つめた。

「お命を自分で断とうとなさらないでください。今後いっさい、絶対に。わたしが身代わりを引き受けたのは、王女様をお助けしたかったからです。それを忘れないでください」

フリーデも真面目な顔になって、しっかりと深くうなずいてくれた。

「ええ。絶対に、もう早まった真似はしない。あなたの献身と優しさに感謝しているわ。……幸運を祈っています」

フリーデは再びぎゅっと抱きついてくる。ティアナもその背に腕を回して抱き返した。

……森でも思ったが、こうしていると、ずっと離ればなれだった相手とようやく会えたような、奇妙な安心感を覚える。

フリーデも同じだったのか、二人はなかなか離れることができず、しばらくのあいだ声もなくずっと抱き合っていた。

最後はティアナのほうから抱擁を解いて、みずから馬車に乗り込む。

瞳に涙を溜めたフリーデは何度も「ありがとう」と言いながら、ティアナが乗る馬車を見えなくなるまで見送ってくれた。その隣には苦虫を嚙み潰したような顔をしつつ、祈りの形に指を組む修道院長がいる。ティアナは彼らに大きく手を振った。

赤ん坊の頃からずっと育った修道院が、月明かりの中で遠ざかっていく。

そのときにはじめて心細さや不安が湧いてきたが、引き返すことはもうできなかった。

＊　＊　＊

町の宿に到着したのは、もう明け方近くだった。

ダーナはともに旅する人々に、王女は気分が優れないからもう一泊していくと伝えて、不安がるティアナに一日がかりで王族の心得などを教えてくれた。

そして翌朝には次の街へ出発するということで、ティアナははじめて王女として人前に出ていくことになった。

「おはようございます、フリーデ王女様。今日はよく晴れて旅日和でございますよ」

声をかけてきたのは、旅の責任者である護衛隊長だ。なんとフリーデの護衛は恋人のほかに、十人もの騎士が存在していた。

侍女はダーナ一人だけなので、本来、王女の旅の一行としては少なすぎる人数らしい。だが旅の目的が巡礼ということから、最低限の人数に抑えられているのだそうだ。

「お部屋にいるとき以外はヴェールを被るようにしてください。深く被っていれば、あなた様を別人だと見抜くことは不可能でしょう。会話も最低限にして、堂々と振る舞っていらっしゃれば怪しまれることはまずありません。胸を張っていてください」

ダーナの言葉を信じ、なるべく背筋を伸ばしゆったり動くようにすると、本当に偽物だと疑われることはまったくなかった。

そして朝食を終えると、フリーデ王女の恋人の騎士が挨拶にやってきた。

「自分はこれから、この近くに住む親戚の家に不幸があったので、それを見舞い行くという口実でここを離れます。……そして修道院でかの方を引き取り、充分に逃げたあとで、事故に遭って行方不明になっているといううわさを流すつもりです」

——なるほど。身代わりを用意できたフリーデと違い、彼にはそういった存在がいないから、行方不明や死亡を偽装する必要があるということか。

「身代わりを引き受けてくださったこと、感謝の念に堪えません。フリーデ様のぶんも改めてお礼を申し上げます。……どうかお元気で。幸運を祈っております」

騎士は周りに聞こえない小さな声でそう言うと、振り返らずに宿を発っていった。

「二人とも大丈夫かしら……」

不安のあまりついぽつりとつぶやくティアナに、ダーナはしっかりうなずいた。

「きっと大丈夫でございます。あの騎士は十代の頃に留学した経験もあり、外国語にも各地の風土にも詳しいのです。どこでもやっていけますとも」

だがダーナの顔も、やはりどことなく心配そうだ。幼い頃から大切に育てた王女を任せるのだ。ティアナ以上にあれこれ思うこともあるのだろう。

「――さ、それより、わたしどもはわたしどもで気を張っていきましょう。そろそろ出発のお時間です」

ティアナも覚悟を決めて、ヴェールが風で翻らないよう抑えながらこくりと頷いた。


馬車は修道院から使ったもののほかにもう一台あり、そちらが王女専用の馬車ということだった。

白地に金色の装飾が施された立派な馬車は、その後あちこちをめぐる中でもかなり目立ち、ティアナは行く先々でフリーデ王女としての賞賛を浴びることになった。

「わたし、ちゃんと王女様らしく見えている？　大丈夫かしら……？」

「大丈夫です、背筋を伸ばしほほ笑みを浮かべて手を振るだけで、民衆は喜びますから」

おっかなびっくり手を振るティアナに、同じ馬車に乗るダーナは、根気強く王女としての所作を教えてくれた。

民衆はだませても、王城ではどうだろう……と心配だったが、いざ王城に到着したあとは、結婚前でナーバスになっているという理由で私室に籠もることができた。

世話もダーナ一人が引き受けてくれたため、誰にも会うことなく、ティアナは修道院を離れてから約一ヶ月の期間を、なんとか乗り切ることができたのだ。

（それにしても……王様の住むお城って、信じられないほど豪華ね）

隣国へ出発する日の朝。

それまで過ごしてきた王女の私室を離れ回廊を進みながら、ティアナはついきょろきょろと周囲を見回してしまった。

飾り気のない修道院とは対極とも言える、大理石造りの廊下や緋の絨毯、大きく取られた窓、シャンデリアなどについ目を奪われてしまう。

普段なら怪しまれてもおかしくない仕草だが、この国を離れる前にあれこれ目に焼き付けておきたいのだろうと、周囲は好意的に解釈してくれた。

そのおかげで、王城の玄関で見送ってくれる王族たちのほうがしんみりとした雰囲気になってしまい、ティアナはなんとなく申し訳なくなってしまった。

「おまえには母親がいないことで、いろいろと苦労をかけた……。それなのにおまえは王女として常に自分を律し、充分に働いてくれた。どうかユールベスタスでも元気で」

フリーデの父親であり、この国の王である壮年の男性に涙ぐまれて、ティアナはなんとも言えぬ気持ちに駆られる。

自分が彼の娘でない罪悪感はもちろん、王女として嫁ぐ負い目や、こんなに思ってくれる父がいるのにそれを棄てて恋人との生活を選んだフリーデへの思いなど、いろんな感情が胸を渦巻いて苦しくなったのだ。

ヴェールを被っていてよかったと思いつつ、ティアナは王女らしく片足を引いたお辞儀をして、国王をはじめとする王族たちに別れを告げた。

「これまで大変お世話になりました。皆様、どうぞお元気で」

教えられたとおりの挨拶を口にしたが、緊張と罪悪感からか声がひどく震えてしまう。

だがそれがいかにも涙をこらえている感じに聞こえたらしい。国王をはじめとする王族たちはうんうんと感激の面持ちでうなずき、鼻の頭を赤らめていた。

そしてきらびやかな馬車に乗り込み、護衛隊長の合図で花嫁行列はゆっくり発進する。

王城前の広場にも民衆が詰めかけて、隣国へ嫁ぐ王女を花吹雪と歓声で見送っていた。

祝賀の雰囲気が高まるにつれ、ティアナの中の罪悪感は大きくなっていく。

王都を抜けたときには張り詰めた緊張の糸がぷつりと切れて、ティアナは思わず馬車の座席に沈み込んでしまったのであった。

＊　＊　＊

花嫁行列は順調に進んだ。アマンディア王国の騎士が付き従うのは国境までで、ユールベスタス王国に入ってからは、かの国が護衛を引き継いでくれる。

国境となる関所にはすでにユールベスタスの騎士たちが待っていて、責任者同士がきびきびと挨拶を交わしていた。

「ようこそ、ユールベスタス王国へ。歓迎いたします、我らが未来の王妃、フリーデ王女殿下」

護衛の引き継ぎ式にて、ユールベスタス国王から遣わされたという一行の責任者が、ティアナに向け深々と頭を下げた。

まだ年若い彼は、ユールベスタス国王の側近でもあるという。

わざわざ側近を寄越すくらいだから、ユールベスタス王国はフリーデ王女を丁重に扱うつもりのようだ。ティアナも丁寧に頭を下げた。

「これからどうぞよろしくお願いします」

「はい。道中も快適にお過ごしいただけるよう尽力いたしますので」

——側近の言葉はその場限りのものではなく、国王が住まう王都にたどり着くまで、かなり気遣ってもらえた。

夜はしっかりした宿に泊まれるだけではなく、午前と午後に必ず一時間の休憩が入り、昼も豪華な食事が用意される。大きな街を見物したり、買い物をすることさえ許された。

修道院から王城に入るまでは、巡礼が目的だったことと王女らしい所作に慣れることで精一杯で、楽しめる要素はいっさいなかった。

それだけに、ティアナも生まれてはじめての旅についはしゃいでしまったが、王都に近づくにつれ、忘れかけていた心配や不安はどんどん大きくなっていった。

「あの、ユールベスタス国王様は、どんな方なのかしら」

いよいよ午後には王城に入るという日の朝。ティアナは朝食の席で、側近の青年におずおずと問いかける。

側近はにっこりと相手を安心させる笑顔を浮かべた。

「我が王はときに冷酷、ときに非情と呼ばれることもありますが、基本的に懐が大きく、人間ができた方です。王女殿下が嫁いでいらっしゃるのも楽しみにお待ちしていますよ」

側近の言葉にうそは感じられなかった。

それでもティアナの心は完全には晴れない。自分自身の目で確かめなければ、誰がなんと言おうとこの不安は払拭(ふっしょく)されないだろうなと思った。

そしてその日の午後。そろそろ夕方という時刻に、一行は王城に到着する。

アマンディア王国の王城と比べるとこぢんまりしているが、充分大きく立派な城だ。城壁が城をぐるりと二重に取り囲んでいるせいか、堅牢(けんろう)でいかめしい雰囲気が漂っている。

大きな玄関扉の前で馬車を降りたティアナは、宰相をはじめとする重臣たちの挨拶を受けた。

だが肝心の国王の姿が見当たらない。彼女はつい「国王陛下は？」と首をかしげた。

「本来なら我々とともに王女様を迎える手はずになっておりましたが、ここより西の地域で少々問題が発生しまして。今はそちらの対応に向かっていらっしゃいます」

これを聞いた側近が「我らが王は思い立ったらどちらにでも出向かれてしまう性格でして」と苦笑いしながら補足する。ティアナは「そうですか」と素直にうなずいた。

「そういうわけですので、陛下への目通りは明日以降になるかと思います。本日はどうぞ、長旅の疲れをゆっくり癒やしてくださいませ」

「ありがとうございます、そうさせていただきます」

ティアナは殊勝にうなずき、挨拶に出てきた女官長の案内で王妃の部屋へ通された。

王妃の部屋は広々としていて、天井も高く、窓も大きく取られていた。置かれていた家具は美しい装飾が施されたすばらしいものばかりだ。部屋全体の雰囲気が、どことなくアマンディア王城のフリーデの私室に似ている。

「祖国を離れた王女様が快適に過ごせるよう、国王陛下のお計らいで、アマンディア風に改装させていただきました」

「まぁ、お気遣いいただいて……」

どうやらユールベスタス国王は気配りができる優しいひとらしい。

「お茶をお持ちいたします。夕食の時間まで間がありますが、湯を用意いたしましょうか？」

「そう、ね。お願いします」

――ダーナから王女としての心得や言葉遣い、指示の出し方なども学んだが、まだまだ誰かになにかをしてもらうのは慣れない。

ぼろを出してもいけないので、ティアナはその後、長旅で疲れたからと言って、入浴と夕食も早めに済ませて早々に休むことにした。

もっともな理由だけに誰も不審に思わなかったようだ。就寝の用意が調うと「ゆっくりお休みなさいませ」と言って、ダーナも含め全員が下がっていった。

ようやくほっと息がつけて、ティアナは柔らかく大きな寝台に横になる。だがいつになっても眠気は訪れず、一時間後、彼女はため息交じりに起き上がった。

「きっと国王陛下との対面が明日になったせいで、緊張が続いているのね」

胸元に下がる指輪をぎゅっと握り、少し考えた彼女は、こっそり寝台を抜け出した。

ガウンを羽織りながら居間に入り、足下から天井近くまで伸びる窓をそっと開ける。

窓の向こうには、寝椅子が置かれた広いバルコニーが広がっていた。

そのバルコニーには下へ下りるための階段が備えつけられており、いつでも中庭に出られるのだと女官長から説明があったのだ。

月明かりがきれいな夜だ。手燭なしでも歩き回れる。散歩すれば疲れて眠気もやってくるだろうからと、かかとの低い靴を履いたティアナは一歩を踏み出した。

「わぁ、バラがこんなに咲いているなんて」

長い階段を下りるたびに濃くなる香りに驚いたが、実際にたくさんのバラが花壇で咲き誇っているのを見て自然と笑顔が浮かんだ。明るい中で見たらきっともっときれいだろう。

「中庭というわりに広くて、東屋（あずまや）まであるわ。おとぎ話の中みたい……」

ここでなら孤児たちとの追いかけっこも、かくれんぼも楽しめるわと思ったティアナは、修道院の人々を思い出して少ししんみりしてしまった。

「……考えてもしかたないわ。それより、王女らしく振る舞えるようにがんばらないと」

ティアナは広く開けたところに出ると、おもむろに両手を広げてステップを踏みはじめる。

言葉遣いや立ち居振る舞い、食事の作法などは問題がなかったティアナだが、王女としての教養はないに等しい。

特に苦労したのはダンスだ。アマンディア王城にいるあいだはダーナに相手役を務めてもらい、必死にステップを覚えたが、まだまだ足下がおぼつかない。

（結婚式のあとは祝宴の舞踏会が開かれて、ダンスをするのが通例だというから、それまでになんとかしないと……）

そんな思いで練習するが、くるっとターンした瞬間、足下の小石に躓いてしまう。

「きゃっ……！」

倒れる――！　ティアナは衝撃を覚悟し、とっさに目を閉じるが……。

「危ない！」

横合いから張りのある声が聞こえて、ティアナはたくましい腕にぎゅっと抱きしめられていた。

「きゃあ！　え、え……!?」

地面に倒れるのは回避できたとは言え、いきなり抱きしめられて息が止まりそうになる。

一方、ティアナを危なげなく抱き留めた誰かは「大丈夫か？」と顔をのぞき込んできた。

（あ……）

月明かりに照らされたその姿に、ティアナは吸い込まれそうになる。

そのひとはティアナより頭一つ分は背が高いであろう、たくましい男性だった。年の頃は国王の側近の青年と同じ……二十代の後半くらいであろう。簡易鎧にマントを身につけているから、おそらく騎士だろうと思われた。

少し長めの黒髪がはらりと落ちる顔立ちは雄々しく、線が太くて男らしい。だが野蛮という印象はまったくなく、むしろ彫像のように整っていて美しかった。

こちらを見つめる紫の瞳は長い睫毛に縁取られており、ついぼうっと見つめてしまう。

「——おい、返事をしろ。ここは王族専用の庭だぞ。こんな場所でなにをしている」

「え、わ、わたしは……」

はっと我に返ったティアナだが、今度は美麗な青年騎士に抱きしめられている事実を認識して、羞恥心のあまりしどろもどろになってしまう。

「あ、あの、アマンディア、の……」

幸い『アマンディア』という言葉で、相手はティアナの正体を悟ったらしい。はっと紫の瞳を見張って、まじまじとティアナを見つめてきた。

「アマンディア王国の……王女殿下か？　言われてみれば、事前に届いていた肖像画に描かれていた姫君に間違いない。——これは失礼をした」

ティアナを離した騎士は一歩下がると、胸にこぶしを当てて軽く頭を下げる。

ティアナはあわてて「いいえ、わたしもごめんなさい」と謝った。

「眠れなかったものだから庭を散策してみようと思って……助けてくれてありがとう」

「それはいいが、体調が悪いのでは？　なにもないところで転びかけるなど」

ティアナは思わず真っ赤になった。

「い、いえ、その……練習をしていた、ところでして」

「練習？　なにを……」

「……ダンスの」

正直に答えたティアナは、騎士が目を丸くするのを見て言わなければよかったと後悔した。

「わ、わたし、ダンスが苦手なのです。結婚後の祝宴ではきっと国王陛下と踊ることもあるだろうから、今のうちに練習しようと思って……でも……端から見れば、ふらついて転んだようにしか見えない、のですね……」

それだけ下手だということだ。ティアナはがっくりとうなだれた。

（どうしよう。結婚式まで時間はそうないだろうし、どうしたら上手くなれるの……？）

――ダンスの下手さから、本物の王女ではないと疑われたらどうしよう。

そんな恐怖も湧いて、つい泣きそうになったときだ。

「よろしければ、わたしがお相手を致しましょうか？」

「えっ……」

ティアナは驚いて顔を上げる。目の前には、こちらに手を差し伸べる騎士の姿があった。

雄々しいその顔は優しい笑みを浮かべている。

「で、でも……」

「自慢ではありませんが、わたしはダンスが得意なほうです。さぁ」

重ねて促されて、ティアナはおずおずと震える指先を騎士の手に載せた。

優しく腰を引き寄せられ、彼との距離がぐっと近づく。そのことにどぎまぎしながらも、ティアナはステップを踏み出した。

(わぁ……っ)

ダーナに相手役を務めてもらったときとは大違いだ。彼の腕が腰に回っているだけで身体が安定して、複雑なステップを踏んでも転ぶ心配がまったくない。

くるりとターンするところも、少し動きが速いところも彼がしっかりリードしてくれるので、ティアナはたちまち笑顔になった。

(すごいわ。わたし、ちゃんと踊れている……!)

これで音楽があったらどんなに楽しいだろう。そんな想像をしてしまうほど、身体は軽やかに伸びやかに動いた。

「下手だなんて、ご謙遜を。基本に忠実なステップで、わたしもとても踊りやすい」

ティアナをくるりと回しながら、騎士が楽しげに声をかけてくる。ティアナは「いいえ、騎士様がお上手だからです」と本心から答えた。

「こんなふうに踊れるのははじめて……ダンスって楽しいのですね」

「きっと姫君がこれまで踊ってきた相手は、そろいもそろって下手くそだったのでしょうね」

騎士がそんな軽口を叩いてくる。そして楽しげにティアナをくるくる回してきた。

「そんなにされたら目が回ってしまうわ……！」

「では、次はスローテンポのダンスを」

言葉どおり、騎士が動きを抑える。ティアナも彼に合わせて新しいステップを踏んだ。

ゆったりと踊っていると、不思議と穏やかな気分になってくる。

自然と口元を緩めたティアナを見て、騎士が声をかけてきた。

「これでダンスへの不安は払拭(ふっしょく)されたと思いますが、ほかに心配ごとはありませんか？」

「え……？」

「国王陛下は、アマンディアから嫁がれる王女殿下が、この国でも心健やかにお過ごしくださることを希望しております」

ティアナは少し視線を落とした。

「そう、ですね。いろいろ、心配なことはありますが……」

――一番は、自分の正体が孤児の修道女見習いだとバレないかどうかだ。いくらフリーデそっくりと言っても、やはりダンスのような教養面は一朝一夕で身につけられるものではない。

フリーデと恋人の騎士の行方も心配だ。

ダーナが言うには、騎士は隊列を離れたあと、ララス修道院にいるフリーデを『赤ん坊の頃に生き別れになった妹を迎えにきた』という名目で引き取りに行ったそうだ。事情を知っている修道院長が、そのあたりを上手く取り計らってくれただろうとは思う。

そうしてティアナに扮したフリーデを引き取ったのち、二人はユールベスタスに駆け落ちするということだった。

『嫁ぐはずのユールベスタスに逃亡するの？』

『ユールベスタスは海に面していて、いろんな人種の人々が出たり入ったりしているので、隠れるのに都合がいいのですよ。あの騎士は十代の頃に国外に修行に出ていて、そちらの伝手もありますから、なんとかやっていくことができるでしょう』

そう答えたダーナは確信を持っているというより、そうであってほしいという表情をしていた。フリーデの乳母でもあるダーナにとっては、手塩にかけて育てた王女が無事であることが一番の望みなのだろう。

ダーナは孤児であるティアナに対しても親切に接してくれるし、異国までついてきてくれた心強い存在でもある。ダーナのためにも、恋人と生きることを選んだフリーデのためにも、ティアナが偽物であると知られるわけにはいかなかった。

くちびるを噛みしめうつむいてしまったティアナになにを思ってか、騎士は「大丈夫ですよ」と声をかけてくる。

「国王陛下は寛大な方です。国王としてときに厳しい決断や、非情な決定を下すこともありますが、すべては国を思うがゆえ。ともに国を支えていく王妃に対しては、尊敬と愛情を常に忘れず接することと思われます」

——どうやらティアナの心配事が、結婚後の国王との生活にあると思われたらしい。

それももちろん心配事ではあったので、ティアナは素直に「ありがとう」とうなずいた。

「側近の方も同じようなことをおっしゃっていたわ。きっと陛下は立派な方なのね」

「立派かはわかりませんが、まぁ、それなりにいい奴だとは思いますよ」

いきなりざっくりとした評価になったことに、ティアナは思わず笑ってしまった。国王をこんなふうに言えるのだから、目の前の騎士は実は高い地位の人間なのかもしれない。

やがて二人のステップは止まり、どこからか流されてきた雲が月を少し隠した。

「陰ってきました。天気が崩れるといけない。そろそろお部屋にお戻りください」

「ええ、そうします」

「バルコニーまでお送りしましょう。また躓くといけませんから」

「こ、転びかけたことはどうか忘れてください。恥ずかしいから」

頬を赤らめながらも、ティアナは騎士が差し出した腕にそっと手を添えた。

ダンスはもちろん、こうして男性にエスコートしてもらうことも、修道院で暮らしていたら絶対に体験できなかったことだ。

おかげでつい緊張してしまうが、これからはこの程度のことも当たり前のこととして過ごさなければならない。改めて自分に務まるだろうかと不安が胸を渦巻いた。

「そんなに不安そうな顔をなさらないで。あなたなら大丈夫ですよ」

うつむきがちになるティアナを励ますように、階段を上りながら騎士がほがらかに告げた。

「本当に大丈夫かしら……」

「わたしが保証します。陛下はきっと姫君をお気に召すと思いますよ」

ティアナは曖昧にほほ笑む。

バルコニーに無事到着して、ティアナは騎士に軽く頭を下げた。

「送ってくださってありがとう。ダンスの練習にもつきあっていただいて」

「わたしにとっても有意義な時間でした。ですが姫君、次に夜の散策をする際は、夜着のままでは決して出ていらっしゃらないように」

「え？」

目を丸くするティアナを、いたずらっぽくほほ笑んでいた騎士はすばやく引き寄せ――くちびるにキスを落としてくる。

「え……、え？」

柔らかくふれた感触がなんであるかを認識するより早く、騎士が片目をつむってきた。

「わたしのような悪い男に、そのくちびるを奪われないとも限りませんから」

そうして踵を返した騎士は、中庭に続く階段をさっさと下りていった。

ティアナはなにが起きたかわからず、しばらく呆然とその場にたたずんでしまう。

我に返ったのは月を隠していた雲がさぁっと引いたときだ。わずかに明るくなると同時に悪童めいた騎士のほほ笑みがよみがえって、ティアナは思わず悲鳴を上げてしまった。

（わ、わわ、わたし……口づけを交わしてしまったの……!?　結婚相手である、国王陛下以外の男のひとと……!?）

あまりの事実にくらりとめまいを起こしそうになる。

膝からへなへなと崩れ落ちたティアナは、顔を赤くしたり青くしたりしながら、しばらく声もなく身悶える羽目に陥る。

おかげで再び寝台に入っても寝つくことができず、最悪の寝覚めで国王との謁見に向かうことになるのであった。

第二章　偽りの結婚式

（どうしよう。どうしよう。昨夜の口づけのことが陛下に知られてしまったら……！）

国王との謁見の場所に向かう最中、ティアナが考えていたのはそのことばかりだった。

偽物の王女とバレたら……という心配ももちろんあったが、今はそれ以上に『夫となる相手以外と口づけを交わした』事実に頭の中が大混乱に陥っている。

知られたらただでは済まないのでは……と真っ青な顔で国王が待つ応接間に入ったティアナは、そこに待っていた人物を見て、思わずあんぐりと口を開けてしまった。

「あ、あ、あなたは……！」

思わず叫びそうになったティアナに対し、長椅子から立ち上がった国王陛下は両腕を広げてにっこりと笑顔を浮かべた。

「お初にお目にかかる、アマンディアの王女よ。昨日はわたしが城を開けたことで挨拶ができず、申し訳ないことをした。今日、こうしてお目にかかれて大変嬉しく思うよ」

ほがらかに歩み寄り、ティアナの手を取って口づけてきた国王は——昨夜中庭にいた、あの騎士に他ならない。

あまりのことに口をパクパク開け閉めするティアナを見て、黒髪に紫の瞳の国王は、してやったりとでも言いたげな笑みを浮かべた。

「姫君は緊張されているご様子だ。茶の用意を頼む」

「かしこまりました」

ここまで案内してくれた女官長が一礼して席を外す。

二人きりになると、国王は「また会えたな」と気安い口調で声をかけてきた。

「あ、あなたが、国王陛下……？」

「いかにも。ユールベスタス国王オーガストだ」

「——昨夜そうおっしゃってくだされればよかったのに！」

それまで緊張していた反動からか、ティアナはつい引き攣った悲鳴を漏らしてしまう。

すぐに「しまった」と口を両手で覆うが、騎士改め国王オーガストは顎をそらして大笑いした。

「あなたが気づかなかったのがおもしろくてね。一応、わたしの肖像画も貴国に送っていたはずだが、確認されなかったのかな」

ティアナはどきりとした。

彼の言うとおり、肖像画を目にする機会はいっさいなかった。フリーデの部屋に飾ってあったなら見る機会はあっただろうに。

（王女様は恋人の騎士のこともあって、肖像画を置きたがらなかったのでしょうね）

だがこれは痛恨のミスだ。自分が王女でないとバレたらどうしようと青くなるが、当のオーガストは「別にそれでもかまわない」とさっぱり言った。

「なにせ我々は夫婦になるのだ。これからお互いを知る機会はいくらでもあるし、顔を合わせる機会はさらに多い。徐々に慣れていってくれればそれでよい」

なんとも寛大な言葉だ。ほっとしたティアナは口元から手を離し、膝を折って挨拶した。

「あ、あの、改めまして。アマンディア王国の王女フリーデです……。昨夜はありがとうございました。そして、大きな声を出してしまって申し訳ありません」

「気にするな。国王が騎士と偽って目の前に現れたら、怒るのも当然だ。むしろわたしこそあなたの寛大さに感謝するべきだな。――さ、立ち話もなんだ。座ってくれ」

オーガストに促され長椅子に腰を下ろすと、なぜか彼は向かいではなく、一緒の長椅子に隣同士で座ってきた。ティアナはびっくりするものの、お茶の用意のために女官長が戻ってきたので、なにも言えなくなってしまう。

焼き菓子が並んだ皿がテーブルに置かれ、薫り高い紅茶が淹れられると、オーガストは「呼ぶまで下がっていていい」と再び女官たちを下がらせた。

「本来なら最初の顔合わせは、臣下をそろえて謁見の間でやるべきだ。だが我々はもう会ってしまっているし、堅苦しい儀式めいたものより、こうして腹を割って話したほうがいいと思った。あなたもそのほうが緊張しないだろう？」

（いえ、この距離はこの距離で、とてもドキドキするのですが……）

という本音を言えるはずもなく、ティアナは曖昧にほほ笑んだ。

「それに二人きりならこうして密着しても――」

国王が軽く身体を傾け、ティアナのくちびるにまたちゅっとキスしてくる。

「――キスしても、誰にも咎められないからな」

不意打ちのキスにティアナは声もなく真っ赤になる。明らかに初心な反応をオーガストは満悦しているようだ。

「それに、この結婚は両国の関係を深める政略的なものではあるが、わたしは妻となる女性と、できれば愛のある関係を築きたいと思っているのだ。あなたはどうだ？」

「ええと……」

熱の籠もったまなざしで見つめられ、ティアナは頭の中まで熱くなるのを感じた。

「わ、わたしも、そう思います……」

「それはよかった。ならば、こういう親密なふれあいもある程度していかないと」

彼にとってそれはキスなのだろうか。肩を抱き寄せられ、またくちびるに吸いつかれて、ティアナは心臓がいつ飛び出すかわからないと本気で思いはじめた。

（す、好き合ったひと同士がくちびるにキスするのは知っていたけど……こんなに頻繁にするものなの？）

男女の情愛は修道院の生活とはもっとも縁遠いものだっただけに、ティアナはこれが正常なのか異常なのかの判断がつかない。

ダーナ曰（いわ）く、王侯貴族の女性は『結婚後は夫に従順であれ』と教わるらしいから、ひとまず彼がしたいようにさせておけば間違いないだろう。

そう考えて硬くなっていたティアナだが、思いがけずオーガストは首を横に振った。

「姫、口づけがいやなら『いやだ』と言ってかまわないからな」

「え……？」

「言っただろう、あなたとは愛のある関係を築きたいと。それはお互いが対等で、お互いを尊重し合える関係という意味でもある。一方がいやがることを強いるのは対等とは言えない。それに、わたしは昨夜のあなたがとても気に入ったのだ。昨夜のように言いたいことはなんでも言ってくれ。敬語も使わなくてかまわないぞ」

（そうは言われても……）

彼を騎士だと思っていたときと今では事情が違うではないか。

ティアナの声にならない声を聞き取ったのだろうか。オーガストは「困らせてしまったな」と少し苦笑して、黒髪をくしゃりと掻（か）いた。

「すまない。わたしが調子に乗ったのが悪かったな。単身祖国を離れた姫君を相手にからかいが過ぎた。許してくれ」

「い、いえ、そんなことは……」

そのとき、人払いをしたにもかかわらず扉をノックする音が響いた。

「誰だ?」

「陛下、申し訳ありません。貯水工事の件で国土省の大臣がいらしています。ほかにもいくつかの報告がございまして――」

許しを得て入ってきたのは、王城までティアナの護衛を務めた側近の青年だ。彼はティアナに対しても『お邪魔して申し訳ありません』と目礼してくる。

オーガストはふぅっと息を吐いて、しかたないというふうに首を振った。

「未来の花嫁との語らいは誰にも邪魔されたくないのだが、急ぎの仕事が多いとなかなか上手くいかないものだ」

すまなそうに眉を垂れるオーガストを見て、ティアナはあわてて首を振った。

「国王様のお仕事が大変なものであることは承知しています。あの、わたしにかまわず、どうぞお仕事に向かってください」

するとオーガストはなぜか困ったような笑顔を浮かべた。

「……物わかりのいい妻はありがたい存在ではあるが、あまりにあっさり言われると、少し物悲しいものがあるな」

「えっ？　す、すみません、わたし――」

あわてるティアナに、オーガストは小さく笑った。

「いやいや、謝ることではない。それに離れるのがさみしいと思うほど、我々はまだ仲を深めてもいないしな。あなたとはこれから、ゆっくり時間をかけて仲を深めていくことにしよう」

オーガストが立ち上がる。ティアナも見送りのために扉までついていった。

「キスしてもいいだろうか。くちびるに」

廊下へ出る前に、振り返ったオーガストが尋ねてくる。再び赤くなったティアナは少し考え、おずおずとうなずいた。

オーガストはたくましい腕でティアナの肩を抱き寄せて、再びくちびるを重ねてくる。

これまでよりも、その時間はほんの少し長く感じられた。

「――挙式は一週間後の予定だが、下手したらそれまで会えないかもしれない。慣れない異国に放置する形になって申し訳ないが、困ったことがあれば女官長や側近に言ってくれ」

挙式まで会えないという言葉に、胸の奥がきゅっとなるような気がしたが、ティアナはすぐにうなずいた。

「わたしは大丈夫です。お仕事をがんばってください」

「ありがとう。では行ってくる」

今度はティアナのひたいに口づけて、オーガストは側近とともに去って行く。

廊下に出たティアナはなんとも言えない不思議な気持ちで、遠ざかる大きな背中を見送るのだった。


それから一週間後の挙式まで、本当にオーガストと顔を合わせることはなかった。

挙式の前に片付けておきたい雑務が山積みだったらしい。

この国にやってきてから侍女としてあてがわれた女性たちは、顔を見せない国王に不満そうだった。

しかしティアナにとってはそのほうがよかった。一緒にいるとぼろを出すかもしれない上、あの再会以降、彼のことを考えると妙にそわそわして落ち着かない気持ちになるのだ。

(感情に振り回されている場合ではないわ。挙式の前に王女らしさを高めて、より怪しまれないようにしないといけないのだから)

その思いでティアナは一週間、ダーナのほかにも教師をつけてもらって、礼儀作法や教養を必死に叩(たた)き込んだ。

おかげでそれまで以上に洗練された所作ができるようになったし、侍女たちからは「勉強熱心な王女様だ」と感心されたので、結果的にはよかったと思う。

――とはいえどんなに王女らしくなれたところで、大勢が集まる結婚式では、やはり緊張せずにはいられない。

一週間後。ティアナは大きな扉の前で深呼吸をくり返し、必死に落ち着こうとしていた。

（いよいよ、フリーデ王女として嫁ぐことになるのね……）

挙式会場である大聖堂の扉が開け放たれた瞬間、ティアナは身体を包む荘厳なパイプオルガンの音と大勢の視線にさらされて、危うく倒れそうになった。

左右にたたずむ列席者に見つめられながら、祭壇までまっすぐ伸びた緋の絨毯の上を歩くだけでも息が上がって、先に待っていたオーガストの手に手を載せたときは、手のひらがびっしょりと汗ばんでしまっていた。

それに気づいたオーガストが、いたわるようにティアナの手を握り、自分の隣に引き寄せてくれる。

「大丈夫だ。今日のあなたはこの世の誰より美しい」

そんなふうに耳元でささやかれて、ティアナは赤くなると同時に、ほんの少しだけほっとすることができた。一人ではなく二人でいるという事実が、震え上がった身体をしゃんとさせてくれる。

だがそれも、結婚の誓いを立てるまでのことだった。

「それでは、婚姻誓書に署名を――」

大司教が金の縁取りがされた婚姻誓書を二人に差し出す。

先にオーガストが署名し、ティアナにペンを渡した。ティアナは震える手でペンを受け取り、花嫁の欄を見てごくりと唾を呑み込む。

(身代わりを引き受けたときから覚悟していたけれど……)

ここに自分ではなくフリーデの名前を書くこと――それがどれほど罪深いことかを改めて考えて、思わずちらりと神像を見上げてしまう。

神像は修道院にあったものより大きかったが、浮かべる笑みはとても優しげなものだ。

ティアナは思わず泣きそうになった。

(ああ神様、偽りの名で婚姻聖書に署名する罪を、どうかお許しください)

ティアナはペンを握りながら、思わず祈りの形に手を組んだ。

(……いいえ、許されないのはわかっています。せめて罰はわたし一人に与えてください。オーガスト様やフリーデ様には祝福をお願いします)

強い気持ちで祈ったティアナは、覚悟を決めて、婚姻誓書にフリーデの名を署名した。

「それでは、誓いの口づけを」

婚姻誓書を受け取った大司教が声をかける。おずおずとオーガストに向き合うと、彼は

花嫁のヴェールをそっと持ち上げ、ティアナの背後に流した。

「あ……」

そこでようやく、ティアナはオーガストの姿を見ることができた。ヴェール越しに見えた世界はかすみがかかったようにぼんやりしていたが、今ははっきりと彼の顔が見える。

黒髪をなでつけ、金の王冠を被り、深紅のマントを羽織った彼は、まぎれもなく一国の王だった。金モールの飾りや勲章がきらびやかだったが、それ以上にこちらを見つめる力強いまなざしにこそ、王者としての風格を感じる。

（なんて立派な方なのかしら……）

思わずぽうっと見惚れたときだ。オーガストが長身をかがめて、ティアナのくちびるに柔らかく誓いのキスをした。

「ただいまの誓いを持って、二人は無事に夫婦と認められました。祝福の拍手を――」

大司教の宣言によって、それまでパイプオルガンの音だけ響いていた大聖堂中に、拍手と歓声が響き渡る。

わああっという大きな音に、ほうけていたティアナはびくっとした。

「さあ、あなたの美しい花嫁姿を、国民にも見せに行こう」

促されるまま彼の腕に手をかけ、歩いてきた絨毯を今度は出口に向かって二人で歩く。

大聖堂の外に出ると、きらびやかな装飾が施された無蓋馬車が二人を待っていた。これから二人でこれに乗り込み、王都をぐるりと一周して王城へ戻るのだ。

しかし無蓋馬車の入り口は思っていたより狭い……大きく広がるドレスの裾をどうにかしなければ乗り込めないだろう。

どうしたらいいかしらとティアナはとまどったが、それより早く、オーガストが彼女を横向きに抱え上げてしまった。

「きゃあ！　へ、陛下……!?」

突然のことにティアナは悲鳴を上げてしまう。だがそれ以上に、見物に詰めかけていた民衆が大きな歓声を上げていた。

「こうして乗ったほうが早い。大丈夫だ、落としたりはしない」

「で、でも、恥ずかしいです……！」

しかし真っ赤になるティアナにかまわず、オーガストはさっさと彼女を馬車に乗せた。長いドレスの裾を丁寧にまとめ、御者に発進するよう声をかける。

御者は心得た様子で四頭の馬に合図して、無蓋馬車はゆっくりと走り出した。

馬の蹄（ひづめ）の音と、馬車に取り付けられた鈴のシャンシャンという音、さらには沿道を埋め尽くす民衆の歓声が重なって、ティアナはあまりの熱量にくらくらしてくる。

呆然と人々を見渡すティアナに、オーガストが「あなたも手を振って」と声をかけた。

（て、手を……？）

ティアナは見よう見まねで沿道の人々に軽く手を振ってみる。するとそこからわぁっと歓声が上がって、熱烈な反応にびっくりしてしまった。

「王妃様ー！　国王陛下ー！」

「ユールベスタス王国、万歳ー！」

そんな声があちこちから聞こえて、ティアナは胸が震えるほどの興奮と、恐れおおさを同時に感じた。

（ただ手を振っただけなのに……）

これだけのひとが歓声を上げ、嬉しそうに手を振り返してくれる。

これが王族の持つ力——威光というものなのだろうか。圧倒されそうな民衆の熱気に、ティアナは身震いした。

「どうした？　そんなに驚いた反応をして」

「えっ……？」

「アマンディアでも、民衆の前に出て手を振る機会はいくらでもあっただろう？」

びくつくティアナがおもしろいのか、オーガストが挑戦的ににやりと笑ってくる。

ティアナははっと息を呑んだ。

（そ、そうよ。フリーデ様ならこのくらいのこと堂々とできるはず……！）

——きちんとフリーデの身代わりとしての役目をやり遂げなくては！

ティアナはぎこちないながらもほほ笑みを浮かべ、沿道に向かい優しく手を振り続ける。

民衆はますます嬉しそうに歓声を上げて、どこからか紙吹雪まで飛んできた。

「我が国の民は、新たな王妃を歓迎しているようだ」

「……ありがたいことです」

「わたしも無論、あなたを歓迎しているぞ」

わざわざこちらに顔を向けて言われてティアナはどきりとする。ティアナを見つめるオーガストの瞳がどことなく甘さを含んでキラキラしているから、よけいに胸が高鳴った。

そうしているうち王城に到着して、ティアナは再びオーガストに抱え上げられる。

「花嫁は花婿に抱かれて家に入るものだと言うからな」

真っ赤になるティアナにそう言って、オーガストは堂々たる足取りで王城の玄関ホールへ入っていった。

王城の外にも中にも大勢の人間が待っていて、二人を拍手で出迎えた。

「さ、王妃様、こちらへ。昼餐会のお支度をしなければ」

「ご結婚おめでとうございます、王妃様」

待ち構えていた侍女たちが、さっそくティアナの手を取り引っぱっていく。

彼女たちが自分を呼ぶ呼称が王女様から王妃様に変わっていることに気づき、ティアナは意識的に背筋を伸ばした。

そうして着替えやなにやらをはさみ、その後の昼餐会と舞踏会も、ティアナはなんとか乗り越えた。

厳か（おごそ）だった結婚式と違い、昼餐会では多くの人間が挨拶にきて、顔と名前を覚えるだけでも精一杯だった。

それ以上に大勢が入り乱れる舞踏会では、立っているだけでも精神力を必要とした。オーガストとダンスしていたときが一番気楽だった気がする。

「さすがに疲れた顔をしているな」

中庭で踊ったものと同じステップを踏んだとき、オーガストがそう声をかけてくれた。

「す、すみません」

「いや、女性の支度は男の何倍も時間がかかるし、大変だからな。そろそろ足が棒になってもおかしくない」

オーガストの言うとおり、移動や立っている時間が多かったせいで、足腰の疲労はかなりのものになっていた。

「そろそろ無礼講の時間になる。花嫁が抜けるにはいい時間だ」

オーガストはそう言ってダンスの曲が終わると同時に、彼女を控えていた女官長へ引き渡してくれたのだ。

その後は女官長の案内で王妃の部屋へと戻ることができた。

部屋には見慣れた顔の侍女たちがずらりと並んで待っていて、ティアナが入ってくると「ご成婚おめでとうございます」と笑顔で頭を下げてきた。

「侍女一堂、王妃様に心よりお仕えする所存でございます。どうぞなんなりとお申し付けくださいませ」

ダーナが代表で挨拶してくる。ティアナは驚きつつも「ありがとう」と返事をした。

「さ、王妃様、お疲れでございましょう。湯の支度が調っておりますので」

「ええ……」

ダーナに優しく背をなでられて一気に緊張が解けたティアナは、反動でふらふらしながら浴室へ向かう。

いつもは一人で済ませる入浴も、今日ばかりは侍女たちに手伝ってもらった。丁寧な手つきで身体や頭を洗われ、気持ちよさのあまりうっかり眠ってしまいそうになる。

湯上がりにジュースと軽食を口にすると、ようやく人心地つくことができた。

「それでは王妃様、わたしどもは下がらせていただきます」

「ええ。今日はみんなも朝早くからありがとう。ゆっくり休んでください」

主人らしく声をかけると、侍女たちは嬉しそうにほほ笑んで、一礼して出て行った。

一人残ったダーナがティアナを奥の寝室まで案内する。

「ティアナ様、まずはこちらをお返しいたします」

鏡台の引き出しから宝石箱を取り出したダーナは、うやうやしくそのふたを開ける。顔をのぞかせたのは、ティアナの唯一の私物である銀の指輪だった。

「ありがとう。ずっと身につけていたものだから、これがないとどうにも落ち着かなかったわ」

本当はいつものように首から提げていたかったが、襟ぐりが空いたドレスが多かった上に、豪華なネックレスもつけていたので、指輪を下げる余地がなかった。

では指に嵌めておこうかと思ったが、結婚指輪を授かることを考えると、先に別の指輪が嵌まっているのはあまりよくないと言われてしまった。

そのため宝石箱にしまっていたのだが、やはり身につけているとほっとする。

「これからはネックレスをつける機会も多いでしょうから、首からは提げずに、普通に嵌めておくのがよろしいでしょう」

「そのほうがなくす心配もしなくて済むものね」

ティアナは考えた末に、結婚指輪の隣──左手の中指に銀の指輪を通した。

ダーナは二つ並んだ指輪に感慨深そうに目を細めたあと、ティアナを鏡台の前に座らせて、長い銀髪を丁寧にくしけずってくれた。

「そのくらいでいいわ、ダーナ。あなたも休んで大丈夫よ。疲れたでしょう」

しかしダーナは、難しい顔で首を横に振った。

「いいえ、ティアナ様。わたしはこれから、初夜についてお教えしなければなりません」

「しょや……？」

「結婚式の夜に行われる大切な儀式のことでございます」

「大切な儀式……？」

ティアナはきょとんとする。てっきり先ほどの舞踏会で主要の行事はすべて終わったと思っていたが。

「ティアナ様は、結婚した男女が同じ寝台で休むようになることはご存じですか？」

ダーナの問いかけに、ティアナは軽くうなずく。

「俗世ではそうだと聞いたことがあるわ。……あ、ということは、今日からわたしは陛下と眠らないといけないのね」

自分に当てはめて考えることがなかったため、ティアナは今になってそのことに思い当たる。

あのオーガストと同じ寝台で……考えただけで恥ずかしくて、たちまち頬に熱が上った。

「こ、これだけ大きな寝台なら、どんなに寝相が悪くても落ちることはないわね」

部屋の中央に置かれた天蓋付きの寝台を見つめ、恥ずかしさをごまかすためにティアナはあえて軽口を叩く。

しかしダーナの表情は思いがけず真剣なままだ。

「寝台をともにするというのは、ただ一緒に眠るというだけではないのです。夫婦はそこで御子（おこ）を作るための行為を行います。それを行うはじめての夜のことを『初夜』と呼ぶのですよ」

「……」

　ティアナもまた真顔になった。

「子供を作るための行為……？　赤ん坊というのは、愛し合う夫婦に神様が授けてくださるものでしょう？」

「その通りです。が、ただ御子が欲しいと願うだけでは、赤ん坊は女性のお腹（なか）に宿りません。それには男女の肉体的な結びつきが必要になるのです」

「肉体的な……？」

　つい口に出したティアナは真っ赤になった。子細は謎だが、なんとなく生々しい雰囲気が感じ取れて居心地が悪くなる。

　おそらくそのやり方を口にするため、ダーナは再び口を開いたのだが――それより先に、寝室の扉をノックされる音が響いた。

「妃よ、わたしだ。入ってもいいだろうか」

「オーガスト陛下……」

　扉を振り返ったダーナは口惜しそうに「時間がありませんでしたね」と肩を落とした。

「本当でしたら嫁ぐ前にお話しするべきでしたが、わたし自身、挙式の成功に気を取られ、初夜の説明が後手に回ってしまって……。でも大丈夫ですよ。陛下は立派な方です。きっとティアナ様がいやがることはなさいませんから」

ダーナは早口にそう説明すると、ティアナに代わって扉を開けに向かう。

ティアナ同様、夜着にガウンを羽織ったオーガストは、ダーナに「ご苦労だったな。下がってよい」と鷹揚に声をかけた。

ダーナは名残惜しそうな目でこちらをチラリと見たが、逆らうことなく下がっていった。

「待たせたな。貴族どもがなかなか離してくれなくて、遅くなった」

「い、いえ……」

ティアナはにわかにドキドキしてくる。

子供を作るための行為というのは、どういうものなのだろう？

それ以前に、自分が夜着姿で彼の前に出ていることも妙に恥ずかしい。初対面の夜に注意された挙げ句、くちびるを奪われたことが尾を引いているのだろうか？

（でも、今夜はオーガスト様も夜着姿だし……）

ゆったりとした夜着は、その下の男らしい身体を微妙に浮き上がらせている。目を向けたティアナは思わずどぎまぎした。

「緊張しているか？」

椅子に座るティアナのうしろに立ったオーガストが、ゆったりと肩を抱いてくる。いつの間にか身体が冷えていたらしく、彼の身体がかなり温かく感じられた。

「あ、あの……質問をしてもよろしいでしょうか」

「うん？」

「こ、これから、その、子供を作る行為というのを、するのですか？」

率直に尋ねるティアナにオーガストは目を丸くして、それから楽しげに笑った。

「ああ、その通りだ。姫は、いや我が妃は、性交のやり方をご存じかな？」

「せいこう？」

「ふむ、知らないらしい。もしかしたらさっきの老侍女は、それを説明するためにここに残っていたのかな？　だとしたら申し訳ないタイミングで入ってきてしまった」

オーガストはダーナが出て行った扉を見やって、少し困ったように笑う。おかげでティアナはより不安になった。

「すみません。ダーナに話を聞くまで、そういうことがあるとも知らなくて……」

普通の王女や貴族令嬢なら知っていることなのだろうか？　だとしたら正直に『知らない』と伝えるのは悪手である気がしたが……。

「深窓の姫君であれば無理もない話だ。だいたいは婚姻が決まってから、母親や乳母から伝えられるものだと聞いている。輿入れの準備やらなにやら忙しかったから、周囲もうっかりあなたに伝えるのを忘れてしまっていたのだろう」

　思いがけず好意的に解釈されて、ティアナはひとまずほっとした。

「それに、性交に関しては聞くのと実践するのでは大違いだからな。だが、心配はない。わたしがすべて教えるから」

　なんとも寛大な言葉に、ティアナはようやく安堵の笑みを浮かべることができた。

「はい。よろしくお願いします」

　膝に手を置き素直に頭を下げると、オーガストがかすかに目を見開く。そしてすぐ難しい顔になって「素直すぎるのも考えものだ」とぼそりとつぶやいた。

「？　ごめんなさい、聞き取れなかったのですが」

「いや、気にしないでくれ。こちらの話だ。——では、とりあえず寝台に移ろうか」

　オーガストはティアナの手を取り、寝台までエスコートした。二人そろって部屋靴を脱いで、大きな寝台に乗り上がる。

「さて、性交をするときは服を脱ぐのが基本だ。それも、すべてな」

「すべてですか⁉」

　思わず叫ぶティアナに、オーガストは「すべてだ」としっかりうなずいて見せた。……その口元はなぜかむずむずと震えていたが。

「わたしが先に脱ごう」

オーガストは言うが早いが、ガウンを脱ぎ夜着もさっさと頭から脱ぎ捨ててしまった。あっけにとられてそれを見ていたティアナは、彼の全身に目をやって、つい「きゃあ⁉」と悲鳴を上げてしまう。

オーガストの足のあいだに、女性ではあり得ない器官を見つけてしまったせいだ。

思わず両手で顔を覆って彼に背を向けると、オーガストは楽しげな笑い声を漏らす。

「男のこれを見るのは、当然はじめてだろうな。……もしやこういうものが備わっていることすら知らなかったかな？」

ティアナは耳まで真っ赤にしつつも、一応首を横に振る。

ララス修道院は男子禁制だったが、併設する孤児院には小さな男の子がたくさん暮らしていた。彼らの排泄や沐浴の世話をする際に、そこを見たことは何度もあるのだが……。

（あ、あ、あんなに、太くて、大きくて……変に反り返った形はしていなかったわよ！）

驚きは主にそこにある。自分が知っている子供たちのそれと、オーガストの股間にあるそれが、あまりにかけ離れすぎているのだ。

（そ、そりゃあ、子供と大人の身体が違うのは当然だと思うけれど……っ）

それにしたって……と、つい言いたくなってしまう形状なのは間違いない。

恥ずかしさに突っ伏しそうになるティアナを、オーガストは「可愛いな」と笑った。

「さぁ、あなたも脱いでくれ。それとも、わたしが脱がせたほうがいいか？」

「っ……!? い、いえっ、子供ではありませんから、自分で脱ぎます！」

彼に脱がせられるなどとんでもない。そう思ってはっきり答えてしまうが、それはそれで難しいと、ティアナはすぐ思い知ることになった。

（ど、同性の侍女たちの前で裸になるのも恥ずかしいのに……っ）

異性の前で脱ぐのは、高いところから飛び下りるくらいの覚悟が必要な気がする。

（でも、脱がされるのも恥ずかしい……！）

ティアナは覚悟を決めてガウンを脱ぎ、夜着の紐もシュッと解いた。足首まで隠す裾をたぐり寄せて、オーガストと同じく頭から勢いよく夜着を脱ぎ捨てる。

思いきりのいい脱ぎっぷりに、オーガストは目を丸くしていた。

「よもや本当に自分で脱ぐとは」

「えっ」

「普通は男にさせるものだと思うが、あなたはなかなか腹が据わっているな」

「……――っ!?」

（しまった……！）

ここは脱がせてもらうところだったのか。フリーデだったらしないような失態だろう。

（どうしよう……！）

混乱のあまり固まるティアナだが、オーガストはにやりと楽しげに笑っていた。

「ますますあなたが気に入った。その思い切りのいいところはきらいではない」

「きゃあっ……！」

軽く体重をかけられ、ティアナはたまらず仰向けに倒れる。

目を白黒させているうちオーガストが覆いかぶさるように迫ってきて、ティアナは身体を小さくした。

「あ……、す、するの、ですか……？」

「ああ、する。さぁ、目を閉じて。まずはキスからだ」

前髪を搔き上げたオーガストは、さっそくくちびるを重ねてくる。

あわてて目を閉じたティアナは、薄く開いたくちびるの隙間からなにかが入り込んでくるのに気づいて、びくんっと身体を揺らした。

「んっ、んぅうー……っ⁉」

思わず彼の胸をこぶしで叩いて、やめてくれと懇願する。

「どうした？」

「……い、今なにか……は、はいって……！」

「ああ。舌を入れた」

「舌……⁉」

「キスとはくちびるを重ねるだけではない。互いの舌を絡ませるのもキスのうちなのだ」

（そうなの⁉）

知らないことばかりで、すでに頭はいっぱいいっぱいだ。

一方のオーガストはどんどん『おもしろくなってきた』とでも言いたげな顔をする。

「あなたは本当に初心でまっさらなのだな。そんなあなたに閨ごとのすべてを教えることができるとは光栄だ」

「ほ、本当に、世の中の夫婦は、みんなこんなことをしているのですか……？」

とても信じられなくて、尋ねる声もわずかに震えてしまう。ティアナの恐れを感じ取ってか、オーガストはなだめるように、彼女のひたいに柔らかなキスを落とした。

「ああ、そうだ。はじめは緊張するだろうが……数を重ねて慣れていくと、心地よいものになる。まずはふれあうことからはじめようか」

オーガストは自分の体重をすべてかけないように気をつけながら、ティアナをぎゅっと抱きしめてきた。お互い裸だから、人肌の温度や硬さがすべて伝わってくる。

そう、オーガストの皮膚は硬かった。あちこちゴツゴツしていて、合わさった胸のあいだで、ティアナの乳房がむにゅっと潰されているほどだ。

「あなたは柔らかくて、細いな。それに、緊張のせいか身体が少し冷たくなっている」

オーガストは大きな手でティアナの肩を撫で、温めるように包んでくれた。

「陛下は、熱い、です……」

「ああ。あなたをもっと深くまで抱きたくてたまらないからな。下も、わかるだろう？」

オーガストが腰をぐっと押しつけてきて、ティアナは軽く息を呑む。

彼の足のあいだにあるものは、先ほど見たよりもっと大きく、硬くなっている気がした。

下腹に押しつけられている状態だから、目で確認できないけれど……わずかに脈打ち、湿っているのは充分にわかる。

「男は興奮すると、ここが硬くなって上向いていく。愛する者とつながるためだ」

「つながる……？」

「そう。わたしのこれを、あなたのここに入れるんだ」

「っ……!?」

オーガストの手が、不意にティアナの足のあいだに入ってきた。秘所と太腿(ふともも)のあいだのわずかな隙間に入った手は、陰唇のあわいをするりとなでてくる。

そんなところ、排泄か月のもののときくらいしか気にしたことがないのに……！

「ここに、わたしを受け入れる入り口があるのだ。月のもののときに出血する部分だが」

「そ、そんなところに……！　入りません、絶対に！」

ティアナは顔色を一転して青くさせて、ぶんぶんと首を横に振った。

オーガストは軽く笑って「確かに、今の状態では無理だな」と一度手を引く。

「だが、お互いにふれあい感覚を高め合えば、この奥からは潤滑油のような蜜がこぼれ出てくるのだ。それをまとわせれば、わたしのこれもちゃんと入るようになる。そもそも女性は、ここから赤ん坊を産み落とすわけだしな」

（うう、絶対に無理……！）

世の夫婦は本当にそんなことをして、子供を授かっているのだろうか？

すっかり尻込みしてしまったティアナを見下ろし、オーガストは優しくほほ笑んだ。

「なぁに、無事に夫婦になったのだ。二人で過ごす夜は何度でもめぐってくる。今日は互いにふれあうことに慣れるだけにしよう。まずは舌を絡ませるキスだ。それならなんとかできそうだろう？」

確かに、お互いの秘所を合わせることに比べれば、口づけのほうが難易度は低い。

おずおずうなずくと、オーガストは「いい子だ」とティアナのひたいにキスを落とした。

「んっ……」

再びくちびるが重なってくる。

オーガストは左腕をティアナの腰に回し、彼女をぐっと己に引きつけた。空いた右手で彼女の頬をなで、柔らかな銀髪を掻き上げてくる。

下肢にあたる彼の一部にどぎまぎする一方、優しくなでられるのは気恥ずかしくて、ティアナの胸の鼓動はドキドキしっぱなしだ。

（男のひとの身体って、こんなに熱くて硬いものなの……？）

密着する肌がしっとり汗ばんで、なんだかとてもいけないことをしている気がする。

手の位置はどうすればいいだろう。足はしっかり閉じていたほうがいいの？　そんなことを考えているうち、オーガストの舌がティアナの下くちびるをついっと舐めてきた。

「ひゃ……っ」

びっくりして口を開くと、待っていたとばかりにオーガストが舌を差し入れてくる。

二度目だけに今度は抗議こそしないが、ぬるつく舌が口内を探ってくるのには緊張せざるを得ない。

だが彼の舌が頬の内側をなでたり、歯列の裏をなぞったりしてくると「んっ……」と鼻から抜けるような声が勝手に漏れた。

（は、恥ずかしい……っ）

かぁぁっと赤くなるティアナだが、オーガストは「それでいい。感じるまま声を出してごらん」と一度くちびるを離してささやいてくる。

すぐにまた口づけられて、ティアナはなんだか頭の中がぼうっとしてくるのを感じた。

「んぅ……」

舌の裏をくすぐるように舐められる。なんだか身体の奥がむずむずするような、妙な感覚が湧いてきた。

オーガストは角度を変えて口づけ、引っ込みがちなティアナの舌を何度もなぞってくる。まるでそちらももっと積極的になれと言われているようだ。

おずおずと舌を伸ばしてみると、オーガストはあっという間に舌を絡め取ってしまう。

「あふ……、んんっ……」

くちゅくちゅとわざと音を立てながら舌を絡ませられる。ねっとりした舌同士を絡ませるうち、得も言われぬ心地に包まれて、眉間の当たりがむずむずしてきた。

(頭の中がふわふわする……)

オーガストの熱が移ってきているのだろうか。ティアナの身体も徐々に温かみを取り戻してきた。

ティアナがキスに慣れてきたことを悟ったのだろう。オーガストは彼女の髪をなでていた手を腰に滑らせ、ゆっくりと脇腹あたりをなで上げてきた。

「やぁっ……！」

くすぐったさに思わず声を上げた瞬間、オーガストの手が左胸のふくらみを包んできた。

「ひっ……」

「ここも、少し可愛がらせてくれ」

「あ、あ……」

男のひとの手が、自分の胸に……！　それだけでも衝撃的なのに、オーガストはふくらみの大きさを確かめるようにゆっくりと五指で揉んでくる。オーガストの手は指も手のひらも硬くゴツゴツしているのに、肌をなでる仕草はゆっくりで丁寧だ。

「あっ……」

なぜか胸の頂に彼の指がふれた瞬間、ジンとするようなうずきが立ち上って声が漏れた。

オーガストはとまどうティアナににやりと笑って、親指でそこを刺激してくる。

「ん、ん、だめ……」

「感じるからか？」

（感じる……？）

どういうことかわからないが、とにかくそこをさわられると、くすぐったさと紙一重の妙な感覚が湧きあがるのだ。今以上に変な声を上げてしまいそうで、少し怖い。

「もどかしい感覚は正常な反応だ。声も、我慢しなくていいと言っただろう？」

「でも……あんっ」

いつの間にか硬くなっていた乳首をきゅっとつままれて、ティアナは思わず大きな声を漏らしてしまった。

とっさに口元を手で覆うが、彼はその手をさっさと引きはがしてしまう。

「可愛い声だ。聞かせてくれ」

そんな……と抗議するより先に、もう一方の胸の頂も同じように指でいじられる。

彼の言うとおりもどかしい感覚が身体の中に渦巻いて、なんだか吐き出す息まで熱くなってきた。

「は、ぁ……」

「あなたもわたしにさわっていいんだぞ。ふれあって、お互いの熱をもっと分け合おう」

オーガストがティアナの手を自分の首あたりに回させる。ティアナはどぎまぎしつつ、彼の黒髪にそっと指を通した。

「可愛いな。少しいじっただけでこんなふうに勃ち上がって――」

いつの間にか両胸の乳首はツンと尖(とが)って硬くなっている。ただの生理現象だろうに、指摘されるといやに恥ずかしい。

そこをしげしげと見つめられるのも気まずくて、ティアナは「あ、あんまり見ないでください……」とつい懇願してしまった。

「それは無理な相談だな。わたしは美しいものを見るのが好きだ。あなたはこの肌も、髪も、わたしを見つめる潤んだ瞳も、すべてが美しくて愛(いと)おしい」

まっすぐこちらを見つめながら言われて、ティアナの心臓は否応(いやおう)なくドキドキと高鳴ってしまった。

「は、恥ずかしいです……！」

「照れると真っ赤になるところも好きだぞ」

「もっと真っ赤になるようなことをおっしゃらないでくださいっ」

オーガストは機嫌良く笑って、それから少し身体の位置をずらした。

「さぁて、可愛いこの飾りを、もっと愛でさせてくれ」

「な、なにを……、ひゃあっ⁉」

オーガストの顔がティアナの胸あたりに下がっていく。なにをされるかと思ったら、勃ち上がった乳首をぱくりと口に含まれてティアナは身体を跳ね上げた。

「そんな……、きゃあう！」

乳首が舌でねっとりと舐め上げられるのが伝わって、背筋が勝手に反り返ってしまう。

「あ、やっ、ああ……！」

指でいじられるより、舌で舐め転がされるほうがより感じてしまう気がする。

「あ、ひっ……！」

ちゅうっと吸い上げられて、なにかがあふれ出しそうな感覚が喉元を焦がしてきた。

反対の乳首も同じように舐め転がされ、吸われて、薄紅色だった頂当たりが少し色濃くなったように思えてくる。

「も、やぁ……そこ、ばっかり……っ」

「そうだな。あなたのくちびるもおざなりにしてはいけないものだ」

「んうぅ――……！」

身体を起こしたオーガストが、再びくちびるに吸いついてくる。

舌を絡ませながら両方の乳首を指先で優しくこすられて、ティアナはうめきともため息ともつかない声を漏らした。

（あ、頭が……おかしくなりそう）

そんな危機感が拭えないのに、オーガストはティアナに逃げる隙を与えるかとばかりに、次々と新たな刺激を送ってくる。

くちびるが離されたかと思えば耳に滑っていき、耳孔に舌先を入れられてチロチロと動かされたり、乳房をいじっていた手をティアナの脇腹から背に滑らせ、背筋を指先でつぅっとなぞり上げてきたり……。

いずれもぞくぞくするような愉悦が肌の内側から湧いてきて、ティアナはもう声を抑えるどころではなくなっていた。

「や、あぁ、あぁあ、だめぇえ……！」

胸のふくらみを大きな手で中央に寄せられ、舌で交互に乳首を舐め転がされる。湧き上がる甘いうずきに耐えられず涙ぐみながら、ティアナはいやいやと首を横に振った。

「駄目じゃない、大丈夫だ。素直に快感に身をゆだねてごらん」

「うぅ……」

そう言われても、恥ずかしいものは恥ずかしい。

だがティアナを見つめるオーガストの瞳は優しいままだ。ティアナがみっともなく泣き出しても、可愛いと言わんばかりに親指で目尻のあたりを拭ってくれる。

「んんっ……」

そのままキスをされて、ティアナはおずおずとオーガストの首筋に抱きつく。

お互いのくちびるをついばむように、ちゅっちゅっと音を立てて口づけていくと、高ぶった気持ちも少し落ち着いてきた。

「今日は最後までしない。だがほんの少し、あなたのここにふれる許しを与えてほしい」

「あっ……」

オーガストの手がふれたのは足のあいだの秘められた部分だ。柔らかな茂みを越えて、その下に息づく陰唇を指先でするりとなでられ、ティアナの腰がぴくんと跳ねる。

おまけに彼の指がわずかに動いた途端に、そこからくちゅりと水音が響いて、ティアナはようやくそこがしっとりと濡れていることに気づいた。

「あっ……わ、わたし、粗相を……？」

「いいや。女性は感じるとここの奥から蜜をこぼすのだ。最初に説明しただろう？」

そういえばそうだったような……。

思い出そうとする中、オーガストはティアナの右手を取る。そして彼女の指先を、なんと陰唇のあたりにふれさせた。

「あっ」

指先にふれたぬるりとした感覚と、秘所の熱さにびっくりする。おそるおそる見てみれば、粘性の蜜が指先にまとわりついていた。

(こ、こんなのが身体の奥から出てきているなんて……)

かぁああっ……と、恥ずかしさのあまり声もなく真っ赤になってしまう。

かたわらで見ていたオーガストが小さく笑った。

「未知のものは誰にとっても恐ろしいものだ。だが正体がわかれば過剰な心配をせずともよくなるだろう?」

「でも……恥ずかしいのは変わりません」

赤くなったまま少し頰をふくらませると、オーガストはまた軽く笑ってティアナのひたいにキスを落とした。

「さぁ、わたしにもあなたがどれだけ濡れているか確かめさせてくれ」

「あっ……」

止める間もなくオーガストがティアナの内腿(うちもも)に手をすべり込ませてくる。あわてて足を閉じたら彼の手を腿ではさむ形になって、ティアナはたまらなく恥ずかしくなった。

「このままでも別にかまわないが、できれば足を開いてほしいな、我が妃よ?」

「だ、だって、だって……っ」

恥ずかしさと混乱で、叱られたときの子供のような文句が口をついて出てくる。

オーガストがたまらないといった様子で、小さく噴き出した。

「笑わないでください……っ」

「そう言われても、あなたが愛らしすぎるのが原因だぞ？　わたしでなければ問答無用で最後まで行っているところだ」

「んんっ」

またくちびるを重ねられて、ティアナはほとんど条件反射でくちびるを開く。舌を絡めるキスもだいぶ慣れたが、やはりぬるつく粘膜を擦りつけ合うと背中からうずうずと愉悦が這い上がって、身体の力が抜けてしまう。

そうして足が開いていくのをオーガストは見逃さない。ティアナがキスでうっとりしてきたところで彼はすかさず彼女の足を開かせ、自分の膝を入れて閉じられないようにしてしまった。

ティアナがそれに気づいたのは、濡れそぼった秘所を手のひらで覆われ恥丘ごとやんわり揉まれたときだ。

「あ！　んっ、んやぁ……っ」

硬い手のひらで恥丘のあたりを圧されながら、指先で陰唇のあわいをくちゅくちゅとくすぐられる。

そんなところ、さわられるだけでも気絶しそうなほど恥ずかしいのに……彼の手のひらが動くとその下から熱い愉悦が噴き出してきて、腰がびくんと引き攣ってしまう。

「あ、あぁう……っ、なに……?」

「ちょうどわたしの手が圧しているところに、快感の芽が隠れているのだ」

眉をひそめて震えるティアナを愛おしそうに見つめて、オーガストが手をやわやわと動かしてくる。

恥丘ごと柔らかく揉まれるとより熱いうずきが奥から生まれて、ティアナはもぞもぞと腰を動かした。

「誘っているような動きだな?」

「ちが……っ、じっとしていられないの……」

オーガストの手が動くたびに腰の奥から得も言われぬうずきが生じて、動かずにいるのが難しいのだ。くすぐりに耐えられずに身をよじってしまうのと似ている気がする。

「あぁああん……」

おまけに声を抑えることもできない。彼の手のひらが快感の芽とやらを圧してくると、腰奥がうずいて足まで勝手に開いていってしまう。

身体を傾けたオーガストが秘所を揉みながら乳首を口に含み、ねっとり舐め上げてくるとより抑えが利かなくなった。

「だ、めぇ……！　どっちもは……っ、あぁあうっ！」

音を立てて乳首を吸われて、ティアナはびくんっと背をそらした。同時に花芽をぐっと圧されて、腰奥が蕩(とろ)けそうな快感に見舞われる。

あちこちから心地よい刺激を受けて、ティアナはびくびくと細い身体を震わせた。

「あ、あ、はぁぁあ……っ」

いつの間にかティアナの足はだらしなく投げ出されて、刺激を受けるたびにつま先がびくんっと引き攣っている状態だ。

オーガストは彼女の蕩けそうな表情を確認すると、太腿をさりげなく持ち上げ、より彼女の足を開かせた。

「だ、だめです、そんな……っ」

はっとしたティアナが足を閉じようとしたときにはもう、オーガストは彼女の足のあいだに身体をすべり込ませていた。

「滑りがよくなってきたな。今ならおそらく――」

「あっ……？　あ、やぁっ……」

「ほら、指が入っていく」

ティアナは呆然と自分の下肢を見つめる。オーガストの言うとおり、彼の右の中指が蜜口に入り込んでいるのだ。第二関節まで埋められているのに、痛みはあんまり感じない。

だが自分の身体の中に彼の指があるという状況はすぐに受け入れられるものではなく、ティアナは弱々しく首を振った。

「あ、そ、そんな、ところに……っ」

「このあたりにも、女性が感じるところは存在している」

「──ひあっ⁉」

花芯の裏あたりを指の腹で圧されて、ティアナの身体がびくんっと跳ね上がった。

「外からも同じように刺激すると……」

「……あっ、あぁ、やあっ、熱いのぉ……！」

手の付け根あたりで花芯を、中指の腹で裏側をゆるりと刺激されて、なにかがあふれそうな感覚にティアナは怖くなる。

思わずオーガストの腕を押しやってやめさせようとするが、彼が緩やかな刺激を送ると力が入らなくて、そのうちすがりつくようにしがみつく感じになってしまった。

「はぁ、あ、あぁぁう……っ」

はぁはぁとあえぎながら、ティアナは湧き上がる熱を逃がそうと無意識に腰を揺すってしまう。

動きに合わせて乳房がふるふると揺れて、それがオーガストの目を楽しませていたが、かまっている余裕はいっさいなかった。

「可愛いな。さぁ、こちらも舐めてあげよう――」

「舐め……？　あっ、きゃあ！」

足をさらに大きく開かされて、ティアナは悲鳴を上げる。彼女が目を白黒させるうちに、オーガストはすかさず身をかがめて――なんと、ティアナの秘所に吸いついてきた。

「ひぃっ……！」

手のひらで圧されていた花芯に、今度はくちびるで吸いつかれる。乳首にされたのと同じように舌でそこを舐められ、ぞくぞくする感覚が背筋をはい上がってきた。

「あぁあああ……っ！　……や、や、あぁっ、きゃぁあう……！」

彼の舌が動くたびに、指が花芯の裏側をかすかになでるたびに、腰の奥がたまらなく熱くなる。じっとしていることも難しくてつい上へ逃げようとするが、オーガストの手ががっちりと腰を摑んできて、引き戻されてしまった。

「こら逃げるな。感じていなさい」

「む、むり……、あぁあああん……！」

反抗するなとばかりに花芯を吸い上げられて、ティアナはか細い悲鳴を上げた。

「はっ、あぁ、はぁあ……！」

喉の奥がじりじりして、口の中が唾液でいっぱいになる。

下肢から聞こえる水音もぐちゅぐちゅとはしたないものになってきていた。

指が入っているところの奥からどんどん蜜がこぼれて、お尻を伝って敷布にまで垂れているのがはっきりわかる。

(こんなに濡れて、恥ずかしすぎる……!)

それ以上にせり上がってくる愉悦が身体中を呑み込みそうで、怖くてたまらない。

(ああ、それなのに……っ)

怖い一方で、このまま気持ちよくなったらどうなるのだろうという思いも湧いてくる。怖いもの見たさとでも言うのだろうか? だがそれは浅ましい欲望のように感じられて、ティアナは混乱のあまりすすり泣いた。

「やあっ、もう怖いのぉ……っ」

思わず泣き声を漏らすが、オーガストは「大丈夫だ」とくり返す。

「そのまま達してみるといい。気持ちいいぞ」

(達する……?)

どういうことかわからないまま、花芯をじゅっと強めに吸われ、裏側を圧されたティアナは、耐えきれず甘い悲鳴を上げてしまう。

「ひ、あぁあああ……ッ!」

頭が真っ白になるほどの快感が下腹の奥から生まれて、身体の隅々まで駆け抜けていく。つま先がびくびくっと大きく引き攣り、身体が弓なりに大きくしなった。

「は、あぁぁ……っ」

息が一瞬止まるほどの深い愉悦に見舞われ、一拍おいて、ティアナはぐったりと寝台に沈み込む。

「……はぁ、はぁ……っ」

なんだか自分の呼吸音すら遠くから聞こえる気がする……。

ゆっくり目を開けると、いつの間にか身体を起こしたオーガストが、最初と同じようにティアナの銀髪をゆっくり掻き上げ、なでてくれていた。

「陛下……」

「どうだ、はじめて達した感想は」

達する……頭が真っ白になったあれがそうなのか。

（なんだか、高いところから落ちるような、不思議な感じだったわ……）

それに疲労感がものすごい。今日は夜明け前から動いていたこともあって、急に眠気が湧き上がってきた。

「陛下……わたし……」

「うん、眠りなさい。疲れただろう。今日はここまでにしておく」

ティアナのひたいに口づけて、オーガストが耳に心地いい声でささやいてきた。

「おやすみ、我が妃よ」

こめかみや頬にも口づけられて、ティアナはくすぐったさと安心感を同時に覚える。息を吐くと意識もすぅっと閉じていって、あっという間に眠りの波にいざなわれた。

オーガストの手がずっと髪をなでてくれていて、それがなにより恋しいと思えた。


(眠ったか……)

妃となった少女のくちびるからすぅすぅと平和な寝息が漏れてくるのを聞いて、オーガストは自然とほほ笑んでいた。

彼女を起こさないよう身体を起こすが、柔らかな太腿に己の一物がふれて思わず頬を引き攣らせてしまう。安らかに眠る妃と対照的に、彼のそこは硬く張り詰めたままだった。

苦笑したオーガストはこっそり寝台を出て、奥の浴室で欲望を発散させる。

(まさかわたしが己の手で欲を遂げることになるとは)

自分で思うよりずっと強く、結婚相手としてやってきたあの銀髪の王女を大切にしたいと願っているようだ。

そうでなければ、結婚直後の初夜を未遂で済ませるなどありえない。

可愛らしく初心な反応を見せる彼女に対し、何度も一つになりたいと思ったが、はじめての行為におびえる彼女に優しくしたい気持ちも同じくらい湧き上がった。

最終的に理性が勝ったのは、無理やりすることで彼女にきらわれたくないという強い思いが、雄の本能に歯止めをかけてくれたおかげだろう。

「とはいえ、いつまでも一人で処理するのは物悲しいからな」

ぬるま湯でしぼったタオルを手に寝室に戻ったオーガストは、そう独りごちながら、ぐっすり眠る妃の身体を優しく拭き清めていく。

柔らかな銀髪が縁取る彼女の寝顔は、窓から差し込む月明かりの効果もあってか、なんとも言えず神秘的だ。

はじめて中庭で顔を合わせたときも、月明かりに誘われ天使が降りてきたのかと疑ったほどだ。その後ふらついて倒れたところを抱き留めたことで、ちゃんと重みも体温もある人間だとわかったからよかったものの……。

（しかし、眠れないからと言って、ダンスの練習をするとはな）

これまでろくなパートナーと踊ってこなかったのか、一人でステップを踏む姿はお世辞にも上手とは言えなかった。しかしオーガストの手を取った彼女はコツを摑んだのか、本当に美しく踊りはじめた。

それは今日の舞踏会でも同じだった。月光の中で見る彼女も、シャンデリアの光の中で見る彼女も、等しく美しく可愛らしかった。

（だが閨での姿は別格だな……）

未知の快感にたまらずにあえぐ彼女をふと思い出してしまい、オーガストはあわてて煩悩を振り払う。そうでなければせっかく落ち着いた下肢のものが、またむくむくと元気を取り戻してしまいそうだ。

(これからも少しずつ慣れてもらって、近いうちに本懐を果たすことにしよう)

その頃には彼女のほうも自分に慣れて、夫婦らしい雰囲気が生まれてくるはずだ。

(出会いは政略結婚とはいえ……彼女のようなひとが嫁いできてくれてよかった)

まぎれもない本心を心の中でつぶやきながら、オーガストも横になろうとしたときだ。

「陛下――」

コンコンと扉をノックされる音とともに側近のリックの声が聞こえて、オーガストは思わずぴくりと口元を引き攣らせた。

仏頂面のまま寝台を出て扉を開けると、さすがのリックも申し訳そうな顔でこちらを見返してくる。オーガストが全裸のままだったのでよけいに気まずいのだろう。

「初夜を邪魔しにくるんだ。ろくでもない案件だったらさすがのおまえでも無事では済まさんぞ」

妃相手には絶対聞かせないような低い声で脅すと、リックは軽く肩をすくめた。

「覚悟の上で足を運んでおります。実は――」

話を聞いたオーガストは思わず眉をつり上げ、背後の寝台を振り返った。

「――見間違え、ということもあり得る程度の話だろう?」

「そうだと思うのですが。一応、お耳に入れておいたほうがいいかと思いまして」

オーガストは顎に手をやって考え込むが、すぐに肩をすくめて気楽な顔つきに戻った。

「これだけの情報では手のつけようがない。王妃の警護は当初のままで、手紙などの検閲のみ少々厳しくするように」

「かしこまりました」

優秀な側近はそれだけ答えると、すぐに姿を消す。

扉を閉めたオーガストは寝台に戻り、妃の隣にもぐり込んだ。

不穏な会話が交わされたことにも気づかず、可愛い妃はすやすやと眠っている。その寝顔を見ているだけで癒やされる思いだ。

(何事も起きなければいいがな……)

柔らかな彼女の頬を優しくなでて、オーガストもようやく身体を横たえるのだった。

第三章　国王夫妻の蜜月

「ん……」

寝返りを打ったティアナは、浮上していく意識に合わせてゆっくり瞼(まぶた)を上げる。

目に映ったのは天蓋から下がる分厚いカーテンだ。窓のほうだけカーテンが閉められ、反対側は空いている。

そこから素敵な香りが漂ってきて、ティアナはうーんと伸びをしながらにっこりした。

「ああ、いい匂い……。ダーナ、紅茶を淹れてくれたの？」

「ああ。あなたのためにとびっきりの一杯を淹れたところだ」

「きゃうっ⁉」

ダーナではありえない、低く艶を帯びた男性の声が聞こえて、ティアナは飛び起きた。

「へ、へ、陛下⁉」

「やぁおはよう、我が妃よ。目覚めの紅茶はいかがかな？」

「え、えっ……⁉」

ティアナは大いに混乱する。

侍女よろしくトレイを手にやってきたのは、シャツと脚衣に着替えたオーガストだ。

朝からキラキラする笑顔を振りまいているが、なぜ彼がティアナの寝室にいるのか。

「起きたばかりで寝ぼけているね、フリーデ。昨日わたしたちは結婚式を挙げ、夫婦となったはずなのだが？」

そう言われてティアナもようやく思い出す。結婚式を挙げただけでなく、夜は彼とこの寝台で過ごしたことを……。

そこで行われた濃密で恥ずかしい行為まで思い出されて、じわじわと真っ赤になったティアナは「き、きゃあああ！」と悲鳴を上げてしまった。

恥ずかしさのあまり、毛布を被って芋虫のように丸まってしまう。

「その姿も愛らしいが、せっかくの紅茶が冷めてしまうから出てきてくれると嬉しいな」

寝台に腰かけたオーガストが楽しげに笑いながら声をかけてくる。

ティアナはおずおずと顔だけ毛布の下からのぞかせた。

「ま、まさかその紅茶、陛下が淹れてくださったのですか……？」

「妻に目覚めの紅茶を淹れられるのは、夫の特権だからね」

そうなのだろうか？　俗世の習慣を知らないからティアナにはなんとも言えない。

とはいえ、オーガストは楽しそうに紅茶にミルクを落とし、ソーサーごとカップを差し出してきた。

ティアナは毛布を被ったままながらも、おずおずと紅茶を受け取る。

「美味(おい)しい……」

濃いめに入れられたミルクティーは渇いてカサカサになっていた喉を滑り降りて、胃のあたりをぽかぽかと温めてくれる。味も香りも不思議なほどティアナの好みで、ついつい二口、三口と味わってしまった。

「口に合ったようでよかった。これからも朝はわたしが紅茶を持ってくるとしよう」

オーガストは楽しげに告げてくるが、ティアナは少し困ってしまう。

「で、でも……陛下はお忙しいでしょう？　もう着替えていらっしゃるのですから、お仕事が溜まっていらっしゃるのでは？」

「ああ、これは早朝の鍛錬に行っていたせいだ。わたしは朝早くに騎士たちと手合わせするのが日課になっていてね。――それに仕事なら結婚式前にほとんど片付けた。結婚式の翌日くらいは、あなたとのんびり過ごしたいと思ったからね」

なんだか熱烈な言葉に聞こえる。どうにも恥ずかしくて、ティアナは「それは、あの、嬉しいです……」ともごもご答えるしかできなかった。

「それに現在時刻は朝の七時だ。侍女や側近だってようやく起き出す時間だよ」

（そういえば、ダーナも同じようなことを言っていたわ）

修道女として生活してきたティアナには、夜明けとともに起きる習慣が染みついている。

だが王宮の人間でそんなに早く起きているのは、火起こしや水汲みを担当する下働きのみで、王侯貴族はたいてい十時頃まで寝ているのが普通なのだと。

(特に舞踏会があった翌日は昼過ぎまで寝るものだとも言われたわ。わたしも今後はそういうふうに変えていったほうがいいのかしら……?)

でもオーガストは早起きだというし、この時間に目覚めの紅茶を淹れてくれたわけだし……。

こんなこと一つをとっても悩んでしまう自分には、王妃の生活は難しそうだと思えた。

とはいえ、オーガストはティアナを妃として大切に慈しんでくれるつもりのようだ。

昨夜はもちろんその前からも、彼の言動の端々からその気持ちが伝わってくる。

(わたしも陛下のお気持ちに応えたいわ。偽物とは言え、王妃として過ごしていくのだもの。難しいなんて言っていられない。しっかりしなくては)

これまでは、どちらかと言えばフリーデのために身代わりの務めをまっとうしなければという気持ちだった。

だが今は、自分に笑顔を向けてくれるオーガストのためにがんばりたい。

(陛下がわたしのために紅茶を淹れてくれたように、わたしも陛下のためにできることを見つけたい)

そんな気持ちで、ティアナは美味しい紅茶を決意とともに味わったのだった。

＊　＊　＊

それからも晩餐会（ばんさんかい）や茶会などがあったが、結婚式に関連する催しは二日後にはすべて終了し、客人たちは三々五々帰路に就いた。

執務に励む国王に代わり王妃として見送りに出たティアナは、緊張を笑顔で隠して各国の大使や貴族たちを見送った。

そうして王宮に日常が戻ると、ティアナには王妃としての仕事も舞い込むようになった。

国王に回すまでもない書類の確認や、王宮での生活にかかる予算や経費、使用人たちの管理が、王妃の主な仕事らしい。

修道院で帳簿付けをこなしていたことが大いに役立った。もちろん修道院と王宮では規模が明らかに違うが、帳簿の付け方と予算の振り分け方はどこもそれほど変わらない。

おかげで無駄に思える部分は削ったり、足りないところは予算を回すように指示したりと、それなりに答えることができた。

王侯貴族の夫人たちをまとめるのも王妃の立派な仕事だ。王宮のサロンにて、王妃の名で茶会や音楽会を開催し、夫人たちをもてなすかたわら、おしゃべりという名の情報共有を行うのが主な役割だった。

結婚式から十日後、王妃主催で開催した茶会には三十人ほどの貴婦人がやってきて、それぞれがおしゃべりに花を咲かせていた。

昨今の流行や芸術に関することもあれば、領地でこういった問題が起きて苦労しているとか、子供の結婚に関して悩んでいるなどの話もあった。

中にはどこぞの夫人が不倫をしているとか隠し子の存在がどうのとか、聞くだけで真っ赤になってしまうような赤裸々な話もあり、反応に困ったティアナは何度か目を泳がせてしまった。

（そもそもうわさ話とか世間話というものに免疫がなさ過ぎるから……。修道院ではそういった好奇心を持つことも、はしたないことと言われていたもの）

俗世……というより貴族社会では真逆なのだなと思うと、それまで自分がいた世界との乖離（かいり）を思い知らされくらくらしてしまう。

おかげで多くの貴婦人と会った日はたいてい疲れてしまって、寝室を訪れるオーガストに心配されるのが常だった。

「社交をがんばっているようだが、根を詰める必要はないぞ。奥向きの仕事をこなしてくれるだけでも、王妃も王女も不在だった今までと比べるとありがたい限りなのだからな」

寝台に腰かけていたティアナの横に並ぶなり、オーガストは彼女の頬をいたわるようになでてくる。

彼との近い距離にどぎまぎしつつ、ティアナは「いいえ」と首を振った。

「わたし、王妃としてきちんとがんばりたいんです。だって……」

少しでも陛下のお役に立ちたいからと言いかけて、ティアナはあわてて口元を押さえる。

見るからに不自然な仕草にオーガストは首をかしげた。

「『だって』、なんなのかな。王妃としての仕事をこなさないと、アマンディア王女としての沽券に関わるとか？」

「いいえ、そういうわけでは……、いっ、いいえ、はい、そうなんです！」

「どっちなんだ」

首を横に振ったかと思ったら、今度は勢いよく縦に振るティアナを見て、オーガストが噴き出した。

「まぁとにかく、無理はしないことだ。ほら、甘いものでも食べるといい」

「甘いもの？」

ティアナが首をかしげると、オーガストは寝台のかたわらに置いてあったベルを鳴らして、侍女を呼んだ。

若い侍女が心得た様子で、丸い銀のふたがしてあるトレイを運んでくる。

「がんばっているあなたにご褒美だ」

促されるままふたを開けたティアナは、思わず「まぁ！」と目を輝かせた。

隠されていたのは美しくカットされたフルーツの盛り合わせだった。食べやすい大きさに切られたオレンジと、イチゴが添えられている。クリームや砂糖漬けも添えられていて、見ているだけで心躍る一皿だった。

「アマンディアではこういうのが流行っていると聞いてな。似せて作らせてみたのだ」

「あっ……、そ、そうだったのですね」

流行もなにもない修道院ではまず見られない一皿についはしゃいでしまったが、フリーデだったらここまで反応しないかもしれない。ティアナはあわてて背筋を伸ばした。

「とても嬉しいです。ありがとうございます」

「ああ。味も楽しむといい。このオレンジは先日、南方の領主が献上してきたものだ」

それではとオレンジを口に含むと、口いっぱいに酸っぱさと爽やかな甘さが広がって、つい笑顔になってしまった。

「とても美味しいです」

「そのようだ。わたしにも一口くれないかな」

あーん、と口を開けたオーガストを見て、ティアナはあわててフォークにオレンジを刺し、彼の口に入れた。

「うん、美味い」

うなずいたオーガストは、口の端についたクリームをペロリと舐め取る。

その仕草になぜかどきりとして、ティアナは知らず赤くなった。

「つ、次はなにを召し上がりますか？」

「いや、今度はわたしがあなたに食べさせよう」

オーガストは指先でひょいっと砂糖漬けをつまむと、なぜか自分の口に放り込む。そして目を丸くするティアナに、やにわに口づけてきた。

「んっ……！」

驚いて口を開けると、砂糖漬けを載せたオーガストの舌が入り込んでくる。砂糖の甘さとオーガストの舌のぬめりがいっぺんに広がって、ティアナはたちまち真っ赤になった。

「ん、んっ……」

丹念に舌をねぶられて、身体が熱くなってくる。砂糖の甘さがより淫靡（いんび）な感覚を際立たせてきて、ようやく舌が離れたときにはティアナは大きく息を乱していた。

なんとか砂糖漬けは呑み込めたが、つい恨めしい目でオーガストを見つめてしまう。彼は妃のそんなまなざしにすら楽しげにほほ笑んだ。

「甘い砂糖漬けだったたな？」

おまけにからかうように問われて、ティアナはつい「知りませんっ」とそっぽを向いてしまった。

「こちらを向かないままでいいのか？　今度はこの真っ白なうなじを食べてしまうぞ？」

「えっ、それは困り……ひゃん！」

言うが早いか、ティアナの両肩を優しく抱いたオーガストは、ティアナのうなじに吸いついてくる。

銀色の髪を掻き上げちゅうっときつめに吸われて、ティアナは身体を跳ね上げた。

「あなたは色が白いから、吸い上げるとすぐ花が咲くな」

自分が吸い上げたあたりを愛しげになでて、オーガストが耳元でささやいてきた。

「あ、痕をつけるのは駄目です……」

「なぜ？」

「だって……」

ティアナは真っ赤になって口ごもる。

結婚してそろそろ二週間が経とうとしている。国王と王妃として、日中はそれぞれの仕事に励んでいる二人だが、夜は必ず夫婦の寝室で一緒に休んでいた。

お行儀良くただ眠るだけの夜も、ないわけではなかったが……たいていはオーガストがティアナに手を伸ばしてきて、熱い一夜がはじまることが多い。

そしてオーガストは、妃を感じさせることに非常に熱心だった。

（結婚式の翌日に、毎日寝坊したほうがいいのかしらと悩んでいたのが、今となっては懐かしいくらいだわ……）

　慣れない王妃としての務めを終えたあと、毎夜のようにオーガストにふれられ気持ちよくなるせいか、ティアナは疲れ切ってしまい翌朝はどうしても寝坊しがちだった。

　それでも八時までには起きているが、皺の寄った寝台の敷布や、肌に残された愛撫のあとを侍女たちに見られるたび、恥ずかしくていたたまれなくてしかたないのだ。

　それをぼそぼそと説明するが、オーガストは「なんだ、そんなことか」と笑うばかりだ。

「国王と王妃が仲睦まじくて恥ずかしいことなどありはしないさ。むしろ早く世継ぎの顔が見られるだろうと、周囲は喜ぶのではないか？」

「そ、それとこれとは話が別です」

「わかった、わかった。あなたがいやと言うことはしないと言ってあるしな。わたしは国王だ。そう簡単に前言を撤回することはないから、安心しなさい」

　安心できるようなできないようなことを言われて、ティアナは頬をふくらませる。

　オーガストは愛しげにその頬にくちびるを寄せた。

「お詫びに、今宵もあなたをたっぷり蕩かしてあげよう」

「あ……」

　果物の皿が取り上げられて、再び首筋に吸いつかれる。ティアナはこのあとやってくる甘美な行為を予感して、つい身体を熱くさせた。

オーガストは彼女の期待を裏切らず、その夜も彼女の身体の隅々にまで手を沿わせ、くちびるを這わせて、妃の身体を熱く濡らしていく。

最初は声をこらえようとするティアナだがたいてい無駄な努力に終わり、二度、三度と絶頂を味わう頃には、ぐったりと寝台に沈み込んでいた。

――ただいつもはそのあたりで終わる行為も、今宵はそうはいかなかった。

「さて、可愛い妃よ。わたしにふれられることにそう抵抗はなくなってきたかな?」

うとうとしかけるティアナの頬をなでて、オーガストが艶を帯びた声でささやいてくる。

仰向けになっていたティアナがそっと目を開けると、オーガストはそれまで身につけていた下穿きを脱いで、男性の象徴を露わにしているところだった。

「あ……」

うっかり正面から直視してしまったティアナはあわてて目元を手で覆う。しかしいつかと同じように、その手はオーガストにより優しく引きはがされてしまった。

「あなたの顔が見られないのは困る。恥ずかしければわたしの顔を見ていればいい」

(お顔を……)

そろそろと視線を上げたティアナだが、オーガストと目が合うとさらなる恥ずかしさに見舞われ、あわてて天蓋のカーテンのほうへ視線を移した。

「奥ゆかしいな。今はまだそれでいい。だがいずれは、わたしのことを熱いまなざしで見つめながら求めるようになってくれ」

熱烈なせりふをささやきながら、オーガストは再びティアナの上に覆いかぶさってくる。

だがいつもは開かせようとしてくるのに、今夜に限って彼はティアナに「足を閉じてくれ」と言ってきた。

不思議に思いつつ言われたとおりにすると、太腿の裏を持ち上げられ、膝が胸につくほどに折り曲げられる。

お尻が軽く浮くのがわかって息を呑んだ瞬間、太腿と秘所のあいだのわずかな隙間に、ぬるっとなにかが入ってくるのを感じた。

「ひっ……？」

あわててそちらを向こうとするが、自分の膝が邪魔でよく見えない。

だがオーガストがゆっくり腰を前後させるのに合わせて、秘所の上を滑るなにかも行ったりきたりをくり返すのを感じて、ティアナははっと息を呑んだ。

（も、もしかして、オーガスト様のあれが動いて……!?）

ティアナはとっさに足を開いて逃げようとするが、オーガストが彼女の太腿を両側からしっかり押さえるほうが早かった。

「すまない。だが今夜はどうか、この柔らかな太腿を使わせてくれ。いいかげん一人で慰めるのもむなしくなってきたからな」

(な、慰める?　どういうこと……?)

わからないが、オーガストの声はせっぱ詰まっていて、笑みを浮かべる表情もどことなく苦しげに感じられた。

それに彼の竿部が秘所の上を前後に滑っていくと、鎮まりかけていた愉悦の炎が再び再燃してくる。彼のくびれたところが花芯をこすっていくせいだろうか?

秘所を中心に燃え立つような熱さが背筋をはい上がって、ティアナは「ああっ……」と知らず声を漏らしていた。

「そうだ……その感じている顔だ。もっと見せてくれ」

わずかにかすれた声でつぶやいたオーガストが、身体を倒してくちびるを重ねてくる。

湧き上がる愉悦をこらえるために目を閉じていたティアナは、自然とくちびるを開けて彼の舌を迎え入れた。

「んっ、ふぅ……っ」

舌を絡めるキスも、この二週間ですっかり慣れた。

ティアナがもう逃げないとわかったからか、オーガストは両手を彼女の太腿から離して髪や肩をなでてくれる。

この優しい手の感触が、尻込みしそうになる心と身体をどこまでもなだめてくれるのだ。

だからティアナも彼の望むまま足を閉じて、ぐちゅぐちゅと音を立てながら前後する肉棒を徐々に受け入れられるようになってくる。

「はっ、ん……、んあ、へいか……っ」

どんどん大きくなる愉悦に呼吸が乱れて、キスの合間に息が継げない。首を振って助けを求めると、オーガストは彼女の銀髪を搔き上げ形のいいひたいにキスを落とした。

「いきそうか？　フリーデ……」

「ん……」

「わたしもだ……。あなたの太腿だけでこれだけ心地いいのに、中に入ったらどうなるのかな」

ティアナははっと目をまたたかせる。

そうだった……性交はただ皮膚の上を探るだけではなく、秘所の上を滑っているこれをティアナの身体の中に迎え入れることを言うのだった。

最初に聞いたときは「無理です！」と即答してしまったし、今も……できるとは思えないけれど。

（でも、いざこうされていると……奥が……）

考えているあいだも、オーガストの肉竿は濡れそぼった秘裂のあいだをまんべんなく行き来して、ふくらんだ花芯をこすり上げていく。

「あ、あぁ……、熱いの……っ」

腰の奥が沸き立つような熱いうねりが生まれて、ティアナは白い喉を反らしてせわしなくあえぐ。背も勝手に反り返ってきて、そろそろ限界が近いことを示していた。

「気持ちいい感じにも慣れてきただろう?」

オーガストが甘く低くささやいてくる。欲望を暴こうとする悪魔のようだ。

だがティアナはそのささやきにこそ、ぞくっとするほどの興奮を感じて、素直にうなずいていた。

「気持ち、いいです……、でも……、あっ、あぁああっ……!」

ティアナが素直にこぼした途端に、オーガストの動きが速くなる。それまで気遣うようだったのが一気に大胆な動きになり、身体ごと激しく揺さぶられた。

危うく足が開きそうになったところを、オーガストがしっかり押さえてくる。

彼の指が太腿にわずかに食い込むのにすらぞくぞくして、ティアナは目がくらむような快感と興奮に包まれぎゅっと目を伏せた。

「あ、い、あっ、あぁあああ……!」

か細い声を上げながら、ティアナはとうとう上り詰めてびくびくっと全身を震わせる。

ぐちゅぐちゅと音を立ててティアナの秘所に己を擦りつけていたオーガストも、うっとうめいて大きく震えた。

その途端に下腹あたりに熱いなにかがかかるのを感じて、ティアナは思わず息を呑む。

「あ、な、なに……？」

ツンと鼻を刺す青臭い匂いも感じられて、ティアナは困惑に身をこわばらせる。

大きく肩を上下させ息を整えていたオーガストは、前髪を掻き上げながらふっと笑顔を浮かべた。

「これはわたしが出したものだよ。これが子種なんだ」

「子種……」

「本来はあなたの中で撒くべきものだ」

身体を起こしたオーガストは「拭くものを持ってくるから、待っていなさい」と言って、全裸のまま寝室を出て行った。

呆然と横たわっていたティアナは、自分の下腹を汚す白い液体に目を落とす。

（これが、子種……）

好奇心から指先でふれてみる。ぬるりとして、まだ温かい。なんとも妙な感じだ。

同時に、彼から教わった性交のやり方を頭でおさらいしたティアナは、なるほど、これを女性の中で放つことによって赤ん坊ができるのかと、なんとなく理解できた。

理解できたところで、濡れタオルを手にしたオーガストが戻ってくる。彼は身体を起こそうとしたティアナを制して、慣れた手つきで彼女の身体を清めてくれた。

「あ、ありがとうございます……。んっ……」

下腹を拭き終えたあとで秘所を拭かれて、達したばかりで敏感な花芽がまたじわっと快感をにじませそうになった。

息を詰めて我慢しているとオーガストがこらえきれないようにくすくすと笑いを漏らす。

「わたしは別に、このまま二度目に移ってもかまわないが？」

「えっ？　え、ええと……っ」

「ははは。あなたを困らせたいわけではないから安心しなさい。困った顔も可愛いから見たいとは思うが」

タオルを小机に置いた彼は、ティアナの隣にすべり込んで毛布をたぐり寄せる。そして毛布の下でも、ティアナの身体を両手でしっかり包み込んだ。

全裸のままくっついて眠るのも、この二週間で当たり前になっているが、まだまだ落ち着かない。行為の最中よりも、そのあとにひっついているほうが恥ずかしい気がした。

「疲れただろう。もうお休み。わたしも眠る」

そう言った彼は、驚くほどの早さで寝息を立てはじめた。

（そういえば、いつもはわたしが先に眠ってしまって、陛下の寝顔を見るのはこれがはじめてかもしれないわ）

背も高く肩幅も広くて、国王としての威厳を常に纏っているから、いつも大きく立派に見えるオーガスト——だがその寝顔は以外にもあどけなく少年のように見えて、なんだか胸の奥がくすぐったくなった。

（ゆっくりお休みになってくださいね、陛下……）

ティアナはそろそろと手を上げ、彼の艶やかな黒髪をなでる。いつもなら恥ずかしくてできないことも、眠っている相手にならば自然とすることができた。

やがてティアナの瞼も、オーガストの寝息に誘われるようにとろんと閉じていく。

新婚の夜は、こうして幸せなままにふけていくのだった。

＊　＊　＊

それから二日後。ティアナは王妃としてはじめて定例会議に出席することになった。

二週間に一度行われるこの会議は国王はもちろん、宰相と各省の大臣、副大臣、軍の高官も交えてのものだ。

参加者はティアナ以外全員が男性だ。そのうちの半数は、ティアナやオーガストより二回りも年上の方々になっている。

さぞ重々しい会議が始まるのだろうと覚悟してオーガストの隣の席に腰を下ろしたティ

アナだが、実際はまったく違うものだった。

「護岸工事の進み具合はどうなっている？」

「はい、予定どおり土台作りに入りました。切り出した石の搬入作業も順調ですが……」

「なんだ？」

「夏の入りは嵐の多い季節です。土台作りを進めるのも大事ですが、上流で雨が降れば水かさが増し、結局作業は中断になります。それなら先に、石を運ぶほうに人手を回したほうがいいかと……」

土木省の大臣の提案に、オーガストは腕組みをして考える。彼はすぐ結論を出さずに、各大臣たちに「どう思う？」と尋ねた。

「今年の冬は寒さがそこまで厳しくありませんでした。こういうときは夏に嵐が多くなることが、これまでの歴史からも明らかです。土木大臣がおっしゃるように、石の搬入を進めるほうがいいかと」

「石切場の作業も、雨が降ると危険ですからね。その前に終わらせておいたほうが」

大臣二人が意見を口にし、ほかの大臣も賛成と言いたげに何度かうなずく。全員を見回したオーガストは「ではその意見を採用しよう」と決定した。

ほかにも先月分の税収についてや、軍の予算に関することが話し合われる。省にかかわらず集まった人間からいろいろな意見が出て、オーガスト自身もこうしてはどうかということを口にしていた。

時折議論が白熱して全員の声が大きくなる場面もあった。しかしそれも話し合いを続けることで落ち着いていき、最後は皆どことなく満足のいった顔で会議室をあとにしていったのだった。

「どうかな、はじめて会議に参加した感想は」

オーガストとともに会議場を引き上げながら、ティアナは「なんと言っていいかわかりませんが……」と言葉を選んだ。

「皆さん、国のためにいろいろなことを考えているなと思いました」

「そういう人間を厳選しているからな」

「すばらしいことだと思います。それと……」

「それと？」

「……恥ずかしいと思いました。皆様のお話に半分以上ついていけなかったから」

正直に告白したティアナに、オーガストがかすかに目を見開いた。

「まぁ……政治の話だ。女性は知らなくてもいいことがほとんどだ」

「でも、わたしは王妃としてあそこに参加していました。参加するからには、せめて皆さんの話がわかる程度の知識が欲しいと思ったのです……」

思い詰めた表情でうつむいていたティアナは、王妃の部屋に帰り着く間際に思い切ってオーガストに願い出た。

「陛下、わたし、この国について勉強したいです。ここにくるまでにアマンディアのことは学びました。けれどユールベスタスに関してはそこまでは学ぶことができなくて……」

「我が国は歴史も浅いし、少し前まで内乱ばかりの国だったからな」

「そこも含めて、きちんと知識を得たいのです。もう今日のように、ただ座って理解できない話を聞いているだけで終わるのはいやです。ちゃんとわかるようになりたいのです」

決意の籠もったまなざしで伝えると、オーガストは「わかった」と笑顔でうなずいた。

「あなたが王妃として学びたいと言うなら、わたしは喜んで教師を手配しよう」

「ありがとうございます！」

ティアナはほっとした気持ちと嬉しさから、ぱっと笑顔になってオーガストの手を握る。

感謝の口づけをその指先に落とすと、オーガストの手がピクリと動いて、すぐさまティアナの肩に回った。

「陛下、んっ……」

そうしてすぐさま口づけられて、ティアナは真っ赤になってしまった。

「へ、陛下、ここ、廊下です……」

周りには見張りに立つ衛兵も、用事をこなす女官も歩いているというのに。

「あなたが可愛いことをするからいけない。舌を入れないだけマシだと思ってくれねば」

「まぁ……」

「だが、キスしたことで収まりが利かなくなってきたな」

オーガストはティアナの肩を抱き寄せると、足早に王妃の部屋へ入る。

彼は出迎えの侍女たちに下がるように命じると、居間を通り越して寝室に直行した。そして先ほどよりずっと深く、熱烈にティアナに口づけてくる。

「へ、陛下、まだ昼です……！」

ティアナは真っ赤になってオーガストの胸を押しやろうとするが、鍛え上げた彼の身体はびくともしない。

「すまないな。一度出さないとこのあとの執務に支障をきたしそうなほど、ぐっときてしまったんだ。あなたの可愛いキスにな」

「そ、そんな。わたしはただお礼を伝えたかっただけで……きゃんっ」

ごちゃごちゃ言うなとばかりにこめかみに口づけられ、耳孔を舌先でくすぐられる。ティアナはくすぐったさについ肩を跳ね上げた。

「だ、駄目ですってば……。あ……」

ティアナの弱々しい主張は、ぐっときてしまったオーガスト相手には通用しないらしい。

弱いところへのキスの合間にドレスを脱がされたティアナは、結局オーガストに甘く優しく蕩かされてしまい、夕食に呼ばれるまで寝台を出ることができなかった。

第四章　悲しい両思い

オーガストが用意してくれた教師は、先代の国王の御代で宰相を務めていたイーサンという老人だった。

「国を思う気持ちも知識も豊富な男だ。かなり気難しいがな」というオーガストの言葉どおり、イーサンはお世辞にも愛想がいいとは言えない人物だった。

ユールベスタス王国のことを学びたいと伝えたティアナに放った第一声から、その性格がよく出ている。

「陛下とのご結婚が決まってからこちらに嫁ぐまで、数ヶ月の時間があったにもかかわらず、我が国のことをなにも勉強してこなかったと。そして今になって勉強したいと。ほほう、ずいぶん都合がいいお考えをお持ちのようですな、王妃様?」

この言葉にはティアナではなく、一緒にいたダーナや侍女たちのほうが気色ばんでいたが、ティアナは老人に素直に頭を下げた。

「イーサン様のおっしゃるとおりです。本来ならもっと早く、この国について学んでおくべきでした。先日の会議でそれを痛感して、本当に恥ずかしかったのです。だからこそ、定例会議で交わされる意見がわかるくらいの知識を身につけたいと思いました。どうか教えてくださいませんか？」

真摯な気持ちを伝えると、イーサン老人はあごひげをなでながら「まぁいいでしょう」とうなずいた。

「ですが、わしの教えは厳しいですぞ。途中で音を上げても知りませぬ」

「はい、よろしくお願いします」

ティアナはまた深々と頭を下げた。

——実際にイーサン老人の教えはかなり厳しかった。彼は一度言ったことは二度言わないし、少しでも間違えると「そんなこともわかりませんか？」と嫌味(いやみ)を飛ばしてくる。

おかげで何度も情けない気持ちになったが、投げ出さずにいられたのは、王妃としてふさわしくありたいという明確な目的があったからだ。

(立派な王妃になりたい。そうすればオーガスト様のお役に立てることも多くなるはずだわ)

その一心で、ティアナは王妃としての仕事をこなすかたわら、空いた時間でイーサン老人の授業を復習し、本を読み、過去の資料の多くに目を通した。

五日目にはユールベスタス王国の成り立ちについて教わり、その日の夜、ティアナは寝室を訪れたオーガストに「歴史のお勉強をしました」と授業内容について話してみせた。

「――うむ、君の言うとおり、我が国はもとは三つの国だったのだ。ユール王国、ベスタ公国、タータス公国。この三国ははるか昔から戦いをくり返し、領土もそのたびに増えたり減ったりしていった。が、十年前ようやくに決着がついて三国統一に至り、ユールベスタス王国が誕生したというわけだ」

寝台に寝そべったオーガストが、指を三本立てながらティアナの話を補足する。

ティアナは深くうなずきながら、ふと修道院にいたときのことを思い出した。

（修道院長様は、ユールベスタスの国名を聞いて、『長く内紛が続いていた』とおっしゃっていたわ。でも実態は、三国間による戦いが長く続いていたということだったのね）

「ユールベスタスの初代国王となったのは、亡きわたしの父だ。ユール王国の王で、ベスタ公国出身の母と、タータス公国出身の妃を得ていた。そんな事情で、統合した三つの国を統べるにはよい人材だと思われたのだろう」

「イーサン様からは、先代の国王陛下の偉業もたくさん教わりました」

「父は三国統一の立役者だ。争いを続けるよりも、これからは手を取り合って周辺諸国に並ぶ国を作らなければ駄目だと口癖のようにおっしゃって、実際に三つの国を一つにまとめ上げる中心人物となった」

「すばらしいことです。それにイーサン様は、オーガスト様のことも讃えていらっしゃいましたわ。三国統一の話し合いを拒む方々のもとへ、お父上に代わって足を運び説得をくり返されたと」

「あんまり拒否されると頭にきて、兵を率いて脅しに行くこともあったがな」

オーガストが好戦的ににやりと笑う。

平和主義で温厚だった先代と違い、オーガストはときには武力行使もやむなしという考えだったため、話し合いをしぶる相手には容赦なく剣を向けていたとイーサンも話していた。

(でもイーサン様は、先代の陛下が丈夫な方ではなくて、長旅や剣技ができなかったともおっしゃっていたわ。きっとオーガスト様はそんなお父様に代わって、面倒なお仕事やきらわれ役を率先して引き受けていらしたのね)

それを自慢するでもなく、こんなふうにさらっと流すところにもオーガストの人柄はにじみ出ている。ティアナはにっこりほほ笑んだ。

「明日は当時の三国間の事情に関して、イーサン様から詳しくお話を伺う予定です」

「この前はまだ鉄鉱山を発見した時代の話をしていたというのに……。たった数日で、何百年分もの知識を詰め込んでいるな。ちょっと根を詰めすぎではないかな？」

「いいえ、これまで知らなかったことを学べるのはおもしろいです。それに早く、王妃としてお役に立てるようになりたいですもの」

「隠しきれない隈が浮いている顔で言われてもな」

苦笑交じりに指摘され、ティアナははたと目元に手をやった。

「そ、そんなに濃い隈が浮かんでいますか？」

「昼間は化粧で誤魔化せるだろうが、枕元の明かりでは隠しきれないよ」

ティアナの反応がおもしろかったのか、オーガストは楽しげに笑った。

「よし、明日はわたしも軍の視察があるから難しいが、明後日なら時間が取れる。その日は勉強も王妃の執務も休みにして、休暇にしよう」

「休暇ですか？」

「あなたもわたしも、結婚してからずっと働きっぱなしだ。一日くらいゆっくりしても文句は言われまい。一緒にどこかへ出かけよう」

「よろしいのですか……!?」

ティアナはぱっと目を輝かせる。決まりだな、とオーガストはほほ笑んだ。

「さあ、そのためにはしっかり休んで、英気を養わねばいけないな」

「あ、あの、そうおっしゃいながら、どうして上に乗ってくるのですか……？」

「わたしにとってはこれも英気を養う一環だからね」

ティアナに馬乗りになったオーガストは当然のようににっこりほほ笑む。

かくしてティアナは反論をキスでふさがれて、文句を告げる間もなく彼の手管に溺れる羽目になったのだった。

＊　＊　＊

翌々日。朝食を食べたあとに侍女に差し出された衣服は、飾り気のないドレスと歩き回るのに最適な靴だった。つばの広い帽子も用意されており、すべて身につけるとちょっとした家の令嬢のような装いになる。

修道服ともドレスとも違う一着にうきうきしていると、彼女と同じようにお忍び用の格好に身を包んだオーガストが迎えにきた。

「まぁ、陛下。その格好は騎士団の制服ではありませんか？」

「その通り。町を視察するときはいつもこの格好さ。それなりに似合うだろう？」

それなりどころか、青の騎士服は彼にとてもよく似合っていた。上背も肩幅もあるので、本物の騎士と名乗っても差し支えがないくらいだ。護身用の剣を腰に下げていても怪しまれることはないだろう。

「今日のわたしは騎士オーガストだ。可愛い恋人を連れて町を散策するなんて、これ以上ない休日だと思わないか？」

「ふふふっ」

彼がわざと大仰な礼を取るのがおもしろくて、ティアナはつい笑ってしまった。

二人は腕を組んで王城の玄関へと下りていき、そこからオーガストの愛馬にまたがって城下町へ向かう。

馬に乗るのははじめてだけに視線の高さに驚いてしまうが、うしろにまたがるオーガストがしっかり腰に手を添えてくれるので、恐ろしいことはなかった。……密着して恥ずかしい思いは拭えなかったが。

「護衛がすでに何人か町に入っている。あとからも数人ついてくる予定だ。二人で気兼ねなく回りたかったが、リックに却下されてしまってな」

自分一人なら振り切って逃げてくるんだが、とつけ足すオーガストにくすくす笑いながらも、これでは側近のリックも大変だろうな、とティアナは少し同情してしまった。

王城から町までは少し距離がある。正面から出ると目立つので少し回り道をして、騎士団の宿舎があるほうから町へ降りていくことになった。おかげでティアナはじっくりと周囲の景色を楽しむことができた。

「王城の裏に森が広がっているのは窓から見えるので知っていましたが、こんなに広いとは思いませんでした」

「秋になれば王族主催の狩りも開かれるほどの森だ。森の向こうに広がる山脈から湧き水も流れてくるから、少し入っていけば湖も見えるぞ」

「湖！　たくさんの水が溜まっているところですよね？　水たまりとは違うのですか？」

フリーデに扮するまで、高い塀に囲まれたララス修道院で育ったティアナだ。修道院は森の中にあったので、鹿やイノシシ、リスなどの動物が畑にやってくるのは見たことがあったが、湖には縁がなかった。

目を輝かせるティアナを見て、オーガストは「それでは町歩きのあとにでも行ってみよう」と言ってくれる。ティアナは満面の笑みでうなずいた。

そうこうしているうち、城下町へ入ってくる。王城の窓から見えるのは建物の屋根と壁程度だったが、実際に行ってみると驚くほどのひとが行き交っていた。

（世の中にはこんなにたくさんのひとが暮らしていたのね……！）

修道院では修道女と孤児たち、たまにやってくる町の人々くらいしか交流がなかった。だが城下町にはオーガストのような若い男性も、老人もいる。

オーガストが貸し馬屋に愛馬を預けているあいだ通りを眺めていたティアナは、自分より少し年下の少女が花いっぱいの籠を手に「お花をどうですか～！」と声を張り上げているのを見て、興奮が止まらなくなってしまった。

「すごい……、すごいわ！　オーガスト様、あそこはなんのお店ですか？」

「金物屋だな。鍋などを売っている。向こうは革製品の店だ。鞄（かばん）や靴を売っているぞ。あっちは洋装店だな――」

ティアナが「あれは？　あそこは？」と声を上げるたび、オーガストは丁寧に説明してくれた。彼女が足を止めれば一緒に足を止め、心ゆくまで好きに見させてくれる。

「まぁ、きれい……」

その中でもティアナが目を奪われたのは、銀細工の店だ。ショウウィンドウに飾られたアクセサリーがあまりに精巧に作られていて、つい目を奪われてしまった。

「せっかくだから店の中に入ってみるか？」

「よろしいのですか？」

もちろんだと答えて、オーガストはみずから店の扉を開けて中に入っていった。

「いらっしゃいませ。どうぞ、ゆっくりご覧くださいませ」

店番をしていたのは人のよさそうな老女だった。どうやら夫が職人で、奥で銀細工を作っているらしい。

「わぁ、どれもすごい細工……」

並べられていた銀細工は、爪の先ほどの小さいものもあれば、手のひらほどの大きさのものもある。どれも見事で、見ているだけで惚れ惚れした。

「これ……」

その中でふと、バラを三つ横に並べたデザインの髪飾りに目が留まった。思わず手を伸ばしかけて、あわてて引っ込める。

「それが気に入ったのか？」

オーガストが尋ねてくるのに、ティアナはあわてて首を振った。

「い、いいえ。バラは、その、思い出があるから気になっただけで……」

──バラは、オーガストとはじめて出会った王城の中庭で、静かに咲き誇っていた花だ。

かぐわしい香りを嗅ぐたび、彼に抱き留められたときの胸の鼓動がよみがえって、なんとも言えず甘酸っぱい気持ちになってしまう。

……ということを本人を前にして言えるはずもなく。ティアナは「とても素敵な意匠なので、見惚れてしまっていただけです」と繕った。

「そうか。こちらのブローチもいいんじゃないか？」

「あ……本当ですね。どれも可愛らしいわ」

オーガストが別の棚を示したので、ティアナはこれ幸いとそちらに歩み寄る。

気に入ったのがあれば買っていこうと言われたが、宝飾品はすでにたくさん与えられている。ティアナは丁寧に辞退した。

銀細工の店を出たあとも、色とりどりのキャンディが並ぶ菓子店や、花屋などを見て回った。

「あの、陛下は行きたいお店などはありませんか？　わたしばかりはしゃいでしまって」

「ここでは騎士オーガストだ。名前で呼んでくれ」

「あ、すみません」

「別に普段から名前で呼んでくれてかまわないがな。それに今日はあなたにこの国の様子を見てもらいたくて誘ったんだ。あなたが楽しんでくれればそれが一番だ」

恐縮するティアナのこめかみあたりに口づけて、オーガストは鷹揚に笑った。

「ありがとうございます、オーガスト様。とても楽しいです」

「そのようだ。しかし……正直、町歩き程度でここまで喜んでくれるとは思わなかった。アマンディアでは、お忍びで市井を回ることはなかったのか？」

「えっ？　ええと……」

どきっとして目を泳がせるティアナをどう思ったのか、オーガストは大きな手で顎をさすった。

「まぁ……アマンディアは歴史も長い大国だからな。そんな国の姫が、そうそう町歩きを許されるはずもないか」

オーガストは「なかなか窮屈な暮らしだったんだな」と同情を寄せてくる。ティアナは曖昧にほほ笑むだけに留めた。

（実際のフリーデ様はどうだったのかしら？　……ああ、あんまりはしゃいでしまって恥ずかしいわ。たとえ町歩きに慣れていなくても、生まれながらの王族なら、こんなふうにはしゃいだりしないはずよ）

王妃にふさわしくなるどころか、実は修道院育ちの孤児なのだとバレてしまっては元も子もない。ティアナは二つの指輪がはまった左手を右手でしっかり握り、気を引き締めた。

「せっかくだから屋台も見ていこう」

オーガストはティアナの肩を優しく抱いて、彼女を大広場へと連れて行った。

「まぁ、ここにもお店がたくさん……！」

噴水を中心にした広場は、周りをぐるりと囲むように多くの屋台が立っていた。あちこちからいい匂いがして、お腹がぐぅっと鳴ってしまう。気づけばもう昼近くになっていた。

「歩き通しで疲れただろう。ここで昼飯を買って、少し休憩しよう」

オーガストは慣れた様子で屋台を周り、肉の串揚げとパン、野菜のスープを購入した。スープ店の主人とは顔なじみのようで「兄さん、久しぶり！」と声までかけられていた。

「おっ！　なんだい、今日は彼女と一緒か？」

「そうなんだよ。可愛いだろ？」

「ははは！　のろけてくれるな！　べっぴんの彼女のために肉団子おまけしておくよ！」

愛想良くスープをよそった店主は、オーガストから銅貨を受け取ると「まいど！　またきてくれよ」とティアナにもウインクした。

瓶入りのレモネードも購入して、二人は噴水の脇のベンチに腰を下ろす。

「オーガスト様はよく町歩きをなさるのですか？」

「ああ。国王になってから頻度は減ったが、王太子時代は毎日のように町に繰り出していた。あの店主はその頃からの顔なじみさ」

どうりで、銅貨での支払も気安い会話も慣れているわけだ。

「さすがに、こういう食事ははじめてだろうな？」

ベンチに並べた食事を見て、オーガストがおもしろそうに尋ねてくる。

確かに、屋台で食べ物を買うのも、それを噴水の脇で食べるのもはじめての体験だ。

薦められるまま串焼きを手に取ったティアナだが、食べ方がわからず困惑する。ちらっとオーガストを見れば、彼は豪快に肉にかぶりついていた。

「こうやって直接食べるんだ」

「そ、そんな食べ方が……」

目を丸くしたティアナは、意を決して肉に歯を立てる。ジュッと熱い肉汁が吹き出て、思わず「熱い！」と声を上げてしまった。

「大丈夫か？　火傷(やけど)でも——」

「——これ、すっごく美味しいです！　あ、でも、あとから辛(から)さが……！　お水……っ」

あわててレモネードを飲み、そしてまた肉に歯を立てるティアナを見て、オーガストは顎を反らして楽しげに笑った。

「気に入ってくれたようでなによりだ」

「はい、とても美味しいです！　このお野菜のスープも、とても優しい味がします」

鶏肉のほかは野菜くずのスープだが、修道院でも似たような食事をしていただけに、ついつい頬が緩む。木で削った食器やスプーンすら懐かしく感じられた。

おかげで夢中になってスープを食べていたが——オーガストが突然立ち上がり「待て！」と声を張り上げたので、危うく器ごと取り落としそうになってしまった。

「えっ、オーガスト様⁉　どちらへ……」

オーガストは人混みに走って行き、やがてなにかを引きずりながら帰ってきた。

「離せ！　おれはなにも盗っちゃいねぇよ！」

よく見れば、オーガストが引きずってきたのはまだ五、六歳くらいの少年だった。

「そ、その子は……？」

ティアナは目を白黒させながら尋ねる。

「あなたのぶんのパンをくすねていったんだ。現行犯だよ」

「だから、盗ってねぇって！」

オーガストに首根っこを掴まれひょいっとつり上げられた少年は、両手足をばたばたさせながら訴える。

しかしオーガストが彼の懐を探ると、油紙に包まれたパンがポロリと落ちてきた。

少年があまりに騒ぐから、周囲の人々も驚いた様子で見つめてくる。やがて騒ぎを聞きつけて、槍(やり)を手にした衛兵がばたばたとやってきた。

「そこの騎士殿！　なにかありました、か……、こ、これは、へい──」

「ちょっとした物盗(ものと)りだ。心配ない。この子供はわたしが引き取ろう」

「はっ。しかし……」

衛兵は騎士に扮しているのが国王だと気づいたらしく、彼と子供をせわしなく見比べる。

だがオーガストが重ねて「問題ない」と言うと、おとなしく下がっていった。

「な、なんだよ、おれをどうする気だよ」

衛兵に引き渡されるかとびくびくしていた少年は、オーガストに引き取ると言われて、もっと恐ろしくなった様子だ。今にも泣きそうな顔でオーガストを見上げている。

ティアナは少年の身なりが薄汚れていることと、袖からのぞく腕がかなり細いことに気づいた。顔色も悪い。ろくに食事を取れていないのだろう。

おびえている様子もかわいそうで、ティアナはついオーガストの腕を押さえてしまう。

「オーガスト様、こんなに小さい子を脅してはかわいそうです。きっとお腹がすいていたんだわ。パンをあげてしまってもかまいませんから、離してあげてください」

しかしオーガストは「駄目だ」ときっぱり言った。

「あなたから盗ったパンで一時的に腹がふくれても、また腹が減れば、この子は同じことをくり返す。今度は自分と同じ貧しい者から奪うかもしれない。病気の者や、早く走れない老人を狙うかもしれない」

ティアナははっと目を見開き、息を呑んだ。

飢えている子供にパンをあげるのはいいことだと思ったが、それだけでは根本的な問題は解決しないのだ。ティアナは自分の浅慮を恥ずかしく思った。

「さて、我々の昼食を台無しにした罪は重いぞ、坊主。おとなしくついてこい」

「ど、どこへ行くんだよ」

「さぁて、どこかな」

オーガストはわざとはぐらかして、子供を肩に担いでしまう。逃げられないと観念したのか、子供はうなだれた。

「すまないな、フリーデ。せっかくの町歩きだったのに」

「午前中にたくさん見て回りましたもの。もう大丈夫です。でも……その子をどこに連れて行くのですか？」

まさか監獄に入れるつもりじゃ……と心配になるティアナに「あなたが思うような場所ではないよ」とオーガストはほほ笑む。

馬貸し屋でオーガストの馬を引き取ってから、三人は町の外れへと移動する。馬に揺られながら不安になったティアナだが、到着した場所を見て思わず息を呑んだ。

森の縁に建てられたその施設は、まるでララス修道院のようなたたずまいをしていたのだ。

「ここは古い修道院を改修して作られた、孤児院だ」

「孤児院……」

オーガストは門に愛馬を繋(つな)ぐと、少年を脇に抱えて敷地に入っていった。

門の向こうに建てられた石造りの建物も、ララス修道院をどことなく思わせる。国が違っても同じ神を信仰しているだけに、造りも同じなのだろう。

懐かしさに胸の奥がきゅっとなるままオーガストについて中に入ったティアナは、わっという歓声に包まれて目を丸くした。

「あっ、国王陛下だ！」

「陛下～！　遊びにきてくれたの⁉」

駆け寄ってきたのは、下は三歳くらいから上は十歳くらいの子供たちだ。

ティアナは危うく泣きそうになる。彼らの装いも少し痩せているところも、屈託のないところも、なにもかもがララス修道院の孤児たちと似通っていた。

「ああ。今日はおまえたちの新しい仲間を連れてきたぞ」

「ま～た陛下ったら、町遊びで孤児を拾ってきたんでしょう？　陛下って子供を捕まえるのが上手いよね」

「おまえたちとの追いかけっこで鍛えられたからな」

軽口を叩く年長の子供を、オーガストは腕を大きく広げて捕まえようとする。子供は歓声を上げて、オーガストの腕からするりと逃げた。

「まぁまぁ陛下！　突然のお越しですこと」

騒ぎを聞きつけたのか、世話をしているとおぼしき女性たちがばたばたとやってきた。

「あら？　お隣にいらっしゃるのはもしかして……」

「我が妃となったフリーデだ。おまえたち、王妃様だぞ。きちんと挨拶しなさい」

子供たちは「王妃様!?」とぎょっとした顔をして、次々にティアナに集まってきた。

「わ〜、本物の王妃様だ！　こんにちは！」

「ええ、こんにちは。はじめまして」

人懐こい子供たちを、ティアナは修道院にいた頃と同じように笑顔で抱きしめた。

ティアナが囲まれているあいだ、オーガストは身の置き所がないという顔をしていた少年を女性たちに突き出す。

「こいつもここで世話してやってくれ。王都で物盗りをしていた」

「あらまぁ、小さいのにたくましいこと。親は？」

「し、知らねぇよ。気づいたら仲間と一緒で……ほかの奴らにも親なんていなかった」

「捨て子か、親が病気で死んだかなにかかしらね。はいはい、とにかくお風呂ね」

おそらく、オーガストが孤児を連れてくるのは日常茶飯事なのだろう。女性たちは驚いた様子も事情を深く聞くこともなく、さっさと子供を連れて行こうとした。

「あ、待ってください」

ティアナはあわてて子供に近寄り、ポケットに入れていたパンを差し出した。

「まだ温かいから、お風呂に入る前にゆっくり食べなさい」

「……いいの？」

「ええ。わたしはもうお腹がすいていないから。——でも約束して。もう絶対に盗みは働かない。盗み以外の悪いこともしないって」

少年はパンとティアナを交互に見やる。眉間に皺が寄っていて怪訝（けげん）そうな面持ちだ。ティアナの言う『悪いこと』がなにかも、もしかしたらわかっていないのかもしれない。

それでも最後はうなずいて、パンを手に奥へ歩いて行った。

「王妃様、遊ぼうよ。陛下はいつもボール遊びをしてくれるよ」

孤児たちが再びわらわら集まってくる。オーガストは「いや、今日はあの子を引き渡しにきただけだから」と言いかけたが、ティアナはにっこり笑った。

「オーガスト様、お許しいただけるなら、この子たちと遊んでいきたいです」

「そうか？　あなたがそう言うならかまわないが……」

「ありがとうございます！　うーん、この格好ではボール遊びは厳しいわ。こおり鬼をしましょうか」

「なにそれ？」

「鬼ごっこの一つよ。鬼がさわると、その子は氷みたいに固まって動けなくなるの。でも他の子がさわれば、氷が溶けて動けるようになるわ。氷になった子が……そうね、五人になったら、鬼のわたしの勝ち。どう？」

「え～、おもしろそう！」

「じゃあ外に出ましょうか！」

ティアナは子供たちを敷地内の庭へと連れて行く。子供たちははしゃいだ声を上げながら、さっそく逃げていった。

ティアナも久々に走り回って、はじけるような笑顔を振りまいたのだった。


一方のオーガストはあっけにとられていた。妃であるフリーデがごく自然に子供たちに溶け込み、鬼ごっこをやっているのを唖然と見つめてしまう。

「まぁ、王妃殿下は子供の扱いがお上手ですのね」

一緒に見守っていた孤児院の女性職員たちも、感心した様子でティアナを目で追っていた。

ひととおり鬼ごっこで遊んだティアナは、子供が持ち出した大縄を受け取ると片方を木の幹に結び、もう一方は自分で持って慣れた様子で回しはじめる。子供たちは一人ずつ縄に飛び込み、一回跳んでは出て行くことをくり返していた。

(大国の王女らしくない気さくな様子だが、アマンディアにいた頃も孤児と遊ぶ機会があったのだろうか?)

そう不思議に思う一方で、転んで泣いてしまった小さい子供を抱き上げ、よしよしとあやしてやる様子にはつい見惚れてしまう。

彼女は擦り傷にひるむことなく子供を井戸に連れて行くと、みずからつるべを引き上げ、泥で汚れた子供の膝を洗ってやっていた。

「これくらいの傷ならよく洗っておけば大丈夫よ。ほら、痛い痛いの、とんでけ~」

子供の膝に手を当て、おまじないを唱える姿も様になっている。

そんな彼女を子供たちが取り囲む様子は、まるで一幅の絵のような美しさがあった。

「あのような王妃様であれば、オーガスト陛下がお気に召すのも当然ですわね」

オーガストの熱い視線に気づいて、職員たちが含み笑いをしてくる。

はっと我に返ったオーガストは、気まずさに思わず咳払い(せきばらい)した。

「いや、なんだ、まぁ……その通りだ。それに、彼女のあんなに潑剌(はつらつ)とした笑顔は、はじめて見たものだから」

――フリーデは決して笑顔が少ないわけではない。王族として育ったにしては、感情表

現は豊かなほうだろう。

だが未だユールベスタスの雰囲気に慣れないのか、王妃としてしっかりしなければと気負いすぎているのか、人前では笑顔もどうしても硬くなりがちだった。

オーガストと二人のときさえ、まだ少し緊張している節があった。だからこそ日々の息抜きも兼ねて、今日は町歩きに誘ったわけだが……。

(町中を歩く彼女も可愛らしかったが、もはや子供と戯れる姿は……)

可愛らしさを通り越して、女神のような神々しささえ感じられる。

きっと子供相手にキビキビ立ち回る彼女の姿が、とても頼もしく輝いて見えるせいだろう。

「ねぇ陛下〜！　陛下も遊んでよ。ボール蹴りしようぜ！」

年長の男の子たちが、くたびれたボールを片手にオーガストの服を引っぱってくる。

飽きずに妃を見つめていたオーガストは「ああ」とうなずいた。

「じゃあ、小さい子は中に入って手遊びをしましょうか。お兄さんたちの邪魔になってはいけないから」

こちらに気づいたフリーデが、小さい子供たちをおいでおいでと手招く。

鬼ごっこですっかり打ち解けたらしい子供たちは、従順に彼女に従った。

「王妃様、わたし、お歌を歌いたいわ」

「あやとりもやりたいよ～」

「はいはい、順番にしましょうねぇ」

そうして、オーガストがボール蹴りの相手をしてやっているあいだ、フリーデは屋内で歌を歌い絵本を読み、手遊びやあやとりをこなしていった。

ほほ笑ましい光景だが、やはり——彼女が子供に慣れすぎているのが少々引っかかる。

その疑問は口に出さず、二人はお茶の時間が過ぎるまで子供の相手をこなした。

フリーデと遊ぶのがあまりに楽しかったのだろう。二人が帰ると告げると、子供たちは「えええ～！」と不満の声を上げ、年少の者など泣き出してしまった。

……オーガストが一人で視察に訪れるときは、別れを惜しんで泣き出す者などいなかったというのに。

「また必ず遊びにくるわ。次にくるときは絵本を持ってくるからね」

一人一人を抱きしめながら、フリーデはそんな約束まで口にしている。

こうして二人は「絶対にまたきてね！」「約束！」という年長の子供たちの念押しと、追いすがる年少の子供たちの泣き声に見送られて、孤児院をあとにしたのだった。

「——ああ、とても楽しかったです！　陛下は子供たちにとても好かれておいでなのですね」

孤児院が見えなくなるまで手を振っていたティアナは、馬のうしろにまたがるオーガストを笑顔で振り返った。

輝くような笑顔をまっすぐ向けられて、オーガストの心臓が年甲斐(としがい)もなくどきりと弾む。

「ああ……だが、小さい子供や女の子には怖がられてばかりだ。これほど歓迎されたのは、正直はじめてだった」

「そうなのですか？ ……ああ、でも、陛下は背が高くいらっしゃるから、それで小さい子にとっては怖く感じられてしまうのかもしれませんね」

自分より頭一つ以上身長の低い彼女がこちらを上目遣いで見上げてくるのに、不覚にもときめきそうになる。

だが今は胸を弾ませている場合ではない。オーガストは軽く咳払いして、彼女の顔をチラリと見た。

「その、聞いてもいいだろうか」

「はい？」

「君は、ずいぶん子供の扱いに慣れていた様子だ。アマンディアの王女である君が孤児にふれあう機会があったとは思えないのだが、どこで子供の相手を学んだんだ？」

すると、腕の中の彼女はぎくりと身をこわばらせた。

「え、と……。その、視察で。王女として、修道院や孤児院を見回る仕事がありまして。そのときに子供たちと遊ぶ機会を持てたのです」

──もっともらしい理由だ。

のちのち国政に参加するであろう王子が学業に励む一方で、王女は慈善事業に力を入れるのがどの国でもセオリーになっている。

ましてアマンディアは長く王妃が不在の国だ。唯一の王女であったフリーデが、慈善事業を率先して行っていた可能性は低くないだろう。

……と、思うのだが。それにしても、子供の扱いが上手すぎる気がする。

疑念が消えないオーガストの頭に、初夜のあとで側近リックがささやいてきた言葉がよみがえってきた。

『国境付近でフリーデ様に大変よく似た娘を目撃したと、近衛兵が報告してきました。彼はフリーデ様を迎える際に国境から同行していた者です。今回たまたま休暇で国境の村へ出向いていたそうですが、関所で似た女を見かけたので念のため報告を上げたようです』

そのときは「他人のそら似だろう」と断じたオーガストだ。一応、手紙の検閲などを厳しくするよう言い渡したが、フリーデは今のところ外部に連絡を取っている様子もない。

王妃としての執務と勉強で、忙しすぎるせいもあるのだろうが……。

(だが、家族宛に手紙の一通も出していないのは、不審と言えば不審か……？)

単純に家族と仲がさほどよくない可能性もあるので、口に出すのは控えたが。

「……そうなのか。あまりに子供の扱いが上手いものだから驚いてな。子供が好きなのか？」

「は、はい。見ているととても癒やされますもの。無邪気に笑いかけてくれるだけで胸が温かくなります。ただ……」

「ただ？」

澄んだ青い瞳をキラキラさせて語っていたフリーデが急に顔を曇らせたのを見て、オーガストは目をまたたかせた。

「……子供たちの着ているものが。すり切ればかりでにひどい様子でした。年長の数人以外は靴を持っていませんでしたし、栄養状態も……あまりよいとは言えないと思います」

オーガストはかすかに息を吞む。

実際、フリーデの言うとおりだった。あそこの孤児院は自分が主導となって建設したところだからまだマシなほうだが、ほかの施設の状況は決してよいとは言えない。むしろはっきりと「悪い」と言えるものだった。

ユールベスタスは三国統一された十年前まで争いをくり返してきた国だ。当然、病人や怪我人は多く、取り残された子供も多い。孤児院に入る大部分の子供は、戦争孤児と言っていい者たちだった。

戦争で夫を亡くした女性たちを雇い孤児たちの世話を頼んでいるが、子供を虐待する者や、人身売買を行う商人と取引して金を持ち逃げする者も少なくなかった。

国王の膝元である城下町の孤児院だからこそ危険はないものの……地方に行けば、おそらくフリーデには想像もできない悲惨な状態に置かれた子供が多くいるはずだ。

そして、このところ急速に知識を詰め込んでいる彼女はその可能性に思い当たったらしい。

オーガストを見上げる彼女の瞳には、わずかな悲壮感がにじんでいた。

「もしかして、この国には孤児が多いのではありませんか？　だからこそ予算の分配が追いつかずに、孤児院に充分な支援を行うことができないのでは……？」

「それに気がつくとは、さすがは我が妃だ」

子供の扱いが上手すぎることへの疑念はいったん脇に置いておこう。それよりも彼女の賢さに目を向けたい。

オーガストは少し速い速度で馬を走らせる。

王城の裏手に広がる森へと入っていくと、フリーデはキラキラと差し込む木漏れ日に「わぁ……！」と歓声を上げていた。

そして森の開けたところに出た途端に、彼女は大きく息を呑んで目を瞠る。

「まぁ……、まぁ！　陛下、これが湖なのですか⁉」

オーガストが連れてきたのは、あとで行ってみようと約束した湖だった。

広々とした湖を見て、彼女は「水たまりなんてとんでもないわ」とみずからの思い違いに気づいた様子だ。

「気に入ったか？」

「はい、とっても素敵です！　なんて美しい光景かしら……！」

頬を紅潮させて喜ぶ彼女の横顔のほうが、何倍も美しくて可愛らしい。

大真面目にそう思いながら、オーガストはゆっくり口を開いた。

「わたしは、この国をこんなふうに美しい国にしたいと思っているのだ」

今にも跳びはねんばかりにはしゃいでいたフリーデは、その声にはっと振り返った。

「あなたの言うとおり、この国の孤児院は貧しい。孤児院だけではない、病院や救貧院もだ。十年前まで続いた戦争によって、社会的弱者となった人々への救いがまったく充分ではない」

フリーデは知識を詰め込もうとするときと同じ真面目な顔になって、オーガストの顔をじっと見上げてきた。

「貴族の中にはそういった者たちへの支援は切り捨て、産業や工業に力を入れようと主張する者たちもいる。というか、そういう者たちがほとんどだ。あらゆる面で遅れている我が国にとっては、弱者の救済よりも国を強くするほうが先だという声が大きい。あなたとわたしの結婚もその一環だしな」

「結婚が、国を強くするための一環……？」

「新興国の王族が歴史ある大国の姫君を娶り、文化面での遅れを補おうとするのはよくあることだ。我々の結婚により、わたしはアマンディアに多くの職人や留学生を送ることができた」

彼らがアマンディアで技術や芸術を学び、帰国後に知見を広めることによって、この国の文化水準は上がっていくという仕組みだ。

フリーデはいたく感激した顔をした。

「政略結婚にはそのような側面もあるのですね」

「無論、アマンディア側にも利益があるからこそ成り立つ契約だがな。我が国からは良質の鉄と宝石を融通している。持ちつ持たれつなのだよ」

「わたし、陛下のおかげでまたひとつ賢くなった気がします」

フリーデは理知的な瞳でつぶやいた。

勤勉な彼女のことだ。きっと城に戻ってから今回の政略結婚について、より突っ込んだ話をイーサンから聞き出そうと考えているのだろう。

「国が強くなるのは必要なことだ。だがそのために弱者を切り捨てる方針は、わたしは採りたくない。なぜなら社会的弱者である彼らもまたこのユールベスタスの国民――つまりわたしの大切な民なのだ。わたしは国王として、国のすべての民を慈しんでいきたい」

フリーデは大きく息を呑み、オーガストをじっと見つめてきた。

オーガストもまた、彼女の澄み渡った青い瞳をまっすぐ見つめ返す。

「そのためにも、我が妃よ、どうか力を貸してくれないだろうか。わたしは現状で手一杯で、孤児院をはじめとする施設の視察すらままならない。先ほどの孤児院でさえ食べ物や衣服などをまめに差し入れているのに、見たとおり足りていない状態だ。……わたしの代わりに王妃として、彼らに救いの手を差し伸べてやってはくれないだろうか？」

風がざぁっと吹いて、フリーデの柔らかな銀髪が少し舞い上がる。

風が止みその顔が露わになったとき。オーガストは彼女の面に意志の強さを感じさせるほほ笑みが浮かんでいるのを確かに見た。

「……わたし、ずっと王妃としてしっかりしたいと思っていました。それは……オーガスト様のお役に立ちたいと、そう強く願ったからなのです」

はじめて聞く言葉に、オーガストはかすかに目を見開く。

彼の驚いた顔を見たせいだろうか。フリーデは急に恥ずかしくなった様子で、真っ白な頰をたちまちバラ色に染めた。

「弱い者たちも大切にしたいという陛下のお気持ちは、とても立派なものです。そしてわたしも同じ気持ちです。わたし……陛下のためにも、陛下が大切にしているひとたちのためにも、できることはなんでもやりたい。ぜひ、やらせてほしいのです」

「フリーデ……」

「一生懸命がんばります。だから、これからも、ご指導をよろしくお願いします」

顔を真っ赤にして律儀に頭を下げる彼女を見た途端――オーガストは泣き出したくなるような笑い出したくなるような、感動に似た熱い気持ちが込み上げてくるのを感じて、思わずくちびるを震わせた。

目の前にいる彼女が愛しくて恋しくて、衝動的に細い身体を両腕に閉じ込めてしまう。

「きゃっ、陛下――んっ……」

顎を持ち上げくちびるに吸いつくと、フリーデはぴくんと震えてからおとなしくなった。従順にくちびるを開き、オーガストの舌を迎え入れる。

彼女の口腔(こうこう)は熱く、むさぼっているだけで下肢のものがたぎるようだった。

「――わたしは自分で思っていた以上に幸運な国王だ。あなたという賢くて優しい王妃を迎えることができた。世界一の果報者と言っていい」

「お、大げさです。オーガスト様はすばらしい方ですが、わたしは別に、なにも……」

本気でそう思っているのか、オーガストの腕の中でぷるぷると首を横に振っているのが、可愛らしくもいじらしい。おかげでオーガストの身体は熱くなるばかりだ。

彼は一度フリーデを離して、おもむろにその場にひざまずいた。

フリーデは大きく息を呑んで「陛下、お立ちください！」とあわあわする。そんなところもただただ可愛く、愛おしいと思えた。

「我々は政略結婚だから本来あるべき求婚の所作は省かれてしまった。だからこそ今——あなたを愛していると強く思った今こそ、わたしは一個人としてあなたに求婚したい」

フリーデは驚いた様子で、可愛らしいくちびるをぽかんと開けたまま立ちつくした。

やがてその顔が再びじわじわと赤くなり、青い瞳が潤んでいく。

アクアマリンのような深く美しい色合いだ。

そこに映る自分が高潔であるように願わずにはいられない。彼女のこの美しい瞳には、美しいものしか映してほしくないと強く思えた。

「アマンディアの王女、フリーデよ。このわたし、オーガスト・ユールベスタスと生涯をともに歩んでくれまいか。あなたを生涯、愛し抜くと誓う。国王として、名誉にかけて」

フリーデは大きく目を見開き、一瞬だけ、泣き出しそうに顔をくしゃっとゆがめた。すぐに笑顔になり……かと思ったら、くちびるを大きく震わせる。そうして結局ぼろぼろと涙をこぼしながら、何度も何度もうなずいた。

「はい……、わたし……、わたしも、オーガスト様と、ず、ずっと、一緒にいたい……です……、でも……っ」

なにか言いかけた彼女をさえぎるように、立ち上がったオーガストは再びフリーデに口づける。

彼女はあらがわず、涙を流しながらもオーガストの口づけを受け入れた。

「泣くな、我が妃よ」

「……すみません、嬉しくて……」

「嬉(うれ)し涙なら止めるわけにはいかないが、それでもあなたが泣いていると落ち着かない」

目元、鼻先、こめかみと、彼女の顔中に懇願のキスを降らせると、フリーデはようやく「くすぐったいです」と笑ってくれた。

嬉しくて再びキスをして、彼女の銀色の髪に指を埋める。つばが広い帽子は彼女に似合っていたが、キスをするにはいささか邪魔だなと恨めしく思った。

それで言うなら彼女が着ている飾り気のないドレスも靴も、下着だってすべて邪魔だ。なにもかも剝(は)ぎ取(と)って、生まれたままで愛し合いたい。

「フリーデ……どうか、身も心もわたしの妻になってくれないだろうか?」

彼女の耳元で熱くささやく。恥ずかしがり屋の妃は細い肩をまたぴくっと跳ね上げた。

「あなたへの思いが敬愛であるうちは、なんとか我慢できたんだ。だが、こうなってはもう無理だ。あなたと深く愛し合いたい。……わたしの言う意味はわかるね?」

彼女は耳朶(じだ)まで真っ赤にしながら、そっとうなずく。その仕草だけで、もうオーガストの忍耐は限界寸前だ。

だが彼女の純潔を、いくら美しいとは言え、こんなに開けっぴろげな場所で奪うわけにはいかない。

オーガストはフリーデを横抱きに抱え上げると、のんびり草を食んでいた愛馬のもとへ足早に戻る。

賢い馬は主人たちの様子に気づいて、彼らがまたがるなりもったいぶることなく王城へ走り出した。

行きと違い、城へ戻る道中で二人は無言だった。それなのに、互いの胸の鼓動がうるさいくらいに高鳴っているのがいやでもわかる。

彼女の髪にくちびるを押しつけながら、オーガストははやる気持ちを懸命に抑え込んだ。

いつもは自分の手で愛馬を厩舎へ返すのに、今日はそれすらもどかしくて、城の玄関前にいた衛兵に手綱を押しつけてしまう。

おかげで愛馬が不満そうに鼻を鳴らしてきたが、今日ばかりは勘弁してほしい。

（今ばかりは愛しい妃のことしか考えられない）

馬から下りたあともオーガストはフリーデを横抱きに抱えたまま、急かされるように王妃の寝室を目指したのだった。

（どうしよう。どうしよう。陛下が……オーガスト様が、わたしを愛していると言ってくださったわ）

夢ではないだろうか。彼のような立派な方にひざまずかれて求婚されるなんて。

（でも……）

彼の呼びかけを思い出して、ティアナの胸がずきんっと鋭く痛みはじめる。

（『アマンディアの王女、フリーデよ』――）

――ティアナはフリーデの身代わりとして、彼女の名で嫁いできた。

だから彼が自分をフリーデと認識しているのは当然のこと……。そしてフリーデとして生きると決めた以上、ティアナはそれを貫き通さなければならない。

（それなのに、オーガスト様に……大好きな方に、自分と違う名前で呼ばれたことがこんなに……こんなにも、苦しいものだなんて）

先ほどから胸が痛くて痛くて、張り裂けそうだ。

だが、ティアナを抱え足早に王妃の部屋を目指すオーガストに、本当のことは絶対に言えない。

彼の口から、フリーデとオーガストの政略結婚がどういう意味を持っているのか聞いたばかりなのだ。

彼がユールベスタス国王として、この国と民を大切にしたいと思っていることも――。

彼のその志はとても立派なものだ。ティアナも彼の希望を叶えるため、できる限りのことをしたいという気持ちに偽りはない。

だからこそ――正体を偽って、フリーデ王女として彼に愛されることが……とてつもない罪に思えてきて、やるせないのだ。

（これが、正体を偽って神様に結婚を誓った罰なのかしら？）

だとしたら、そうとうに堪える罰だ。

オーガストに抱き上げられたまま寝室に入り、まっさらな褥にそっと降ろされる今でさえ、胸は千々に痛んでいる。

それなのに――。

オーガストに優しく口づけられ、愛しているとささやかれると、どうしようもなく嬉しくて、幸せでたまらないのだ。

これほどの喜びを知ってしまったら、もう彼と離れることなどできはしない。

偽りの存在のままでいいから、彼に愛されたいと強く強く願ってしまう――。

（フリーデ様も、そうだったの？　だから王女の立場を捨ててでも、恋人の騎士と逃げたかったの……？）

きっとそうだわ、とティアナは思った。

修道院で王女の胸の内を聞いたときは、恋とはすべてをなげうってでも叶えたいものなのだろうかと、驚きでいっぱいだったけれど……。

（今ならフリーデ様のお気持ちがわかる。これほどまでに愛するひとと、離れるなんて

……。考えられない。考えただけで、苦しくて悲しくて涙が止まらなくなる）

想像しただけで胸が詰まって、また涙がじんわりと眦に浮かんだ。

ティアナの帽子を外し靴を丁寧に脱がし終えたオーガストは、彼女が再びほろほろと泣いているのに気づいてわずかに目を瞠る。

「すまない、ここまで黙って連れてきたから、怖くなってしまったか？」

咎められるどころか優しい言葉をかけられて、ティアナはもっと泣いてしまいそうになった。

「いい、え……。違うんです。すごく、気持ちが……オーガスト様が好きな気持ちが、あふれてしまって」

オーガストはかすかに息を呑み、ティアナのくちびるに優しく口づけた。

「好きと言ってくれたか、フリーデ？」

フリーデと呼ばれるごとに、胸の痛みが鋭くなる。

ティアナは懸命にほほ笑んで、こくりとうなずいた。

「好きです。大好きです。オーガスト様、愛しています……」

――どうか、この気持ちだけは真実のまま受け取ってほしい。

ティアナは切実にそう思った。

偽りの名前、偽りの身分でここにいる自分だが、この気持ちだけは本当なのだ。

オーガストを愛おしいと思うこの気持ちこそ、まぎれもなく本物。それだけは間違いなく伝わってほしい。

だからティアナはオーガストの紫色の瞳をまっすぐ見つめて、「愛しています」とくり返した。

オーガストがたまらないといった様子で覆いかぶさってくる。大きな手で銀髪を掻き上げられるのも、舌を差し入れられて深く口づけられるのもいつもと同じなのに、今日はそれらがひどく性急な動きに感じられた。

「あ、あっ、陛下……」

オーガストの手がティアナの背中に周り、ドレスの紐を乱暴に解いていく。そうして彼は乳房だけ先に露わにさせると、ツンと尖りはじめている頂(いただき)に吸いついてきた。

「あうっ……！　きゃ、あっ、あぁああう……っ」

あめ玉を転がすようにねぶられ、知らず声が漏れてしまう。もう一方の乳首も指先で優しくこすられて、早くも息が上がってきた。

「は、ぁ……、はっ、あぁ、んっ……」

「ああ、そんな甘い声を出されたら、いよいよ我慢が利かなくなる」

オーガストはため息交じりに自身の前髪を掻き上げると、一度ティアナの身体を引き起こして、簡素なドレスを脱がしにかかる。彼が脱がしやすいように、ティアナは自然と腕を上げたり腰を浮かしたりと自分から動いた。

そうして裸になってぺたんと座ったところで、後れ毛あたりにピンが引っかかっているのに気づく。それを外しているあいだに、オーガストも騎士服を脱ぎ捨て裸になった。

「夕焼けに染まるあなたも美しいな」

いつの間にか日は傾いて、窓から差し込む光はオレンジ色になっている。

（オーガスト様のほうがよほど美しいわ……）

強い光に照らされた彼の裸身をチラリと見て、ティアナは薄く目元を染めた。

太い首も、広い肩も、厚い胸も、きれいに割れた腹筋も……どこをとっても、彼は彫像のように美しい。

唯一、足のあいだからそそり立つものだけは生々しかったが。

「さぁ、おいで」

おずおずと近づくと膝立ちになるように言われる。言われたとおり動いた彼女は、ちょうど自分の胸の位置が、彼が咥(くわ)えやすくなるところにくることに気づき息を呑んだ。

「あ、やぁ……っ」

さっそく再び乳首を食まれて、ティアナは喉を反らして甘い声を漏らす。とっさに彼の肩に手を置くと「腕を回していい」と言われた。

「んんっ……！」

ちゅうっと音を立てて乳首を吸われるたび下腹部の奥に甘い愉悦が生じて、膝が崩れそうになる。

すがるように彼の頭を抱えると、オーガストは嬉しげにもう一方の乳首も吸い上げ、ねっとりと舐め回した。

「はっ、あぁう……っ、だ、めです、そこばかり……」

「そうだな。こちらも可愛がってやらねば」

「んあっ……！」

オーガストの右手が腰から臀部へ滑り、ふくらみをゆっくりなでてから足のあいだへ入ってくる。

彼の指先が陰唇のあたりにふれた途端、くちゅ……という水音が聞こえて、ティアナは耳まで真っ赤になった。

「すでにたっぷり濡れているな?」

オーガストがわざとらしくささやいてくる。

「い、言わないでください……」

「無理な相談だな。それにほら、少し動かしただけでこんなに……」

「んっ……、んあ、あ……っ」

胸を吸い上げられながら、蜜口の浅いところで指先でこまかく刺激されて、ティアナはなすすべもなく声を漏らした。

「はっ、あぁあ……っ」

じゅうっと胸を吸い上げられて、それだけで蜜壺の奥がきゅんっとうごめくのがはっきりわかる。

最初はわけがわからなかった身体の奥から湧きあがってくるこの感覚も、今ではもう官能の愉悦なのだときちんとわかっていた。

だからこそ、恥ずかしさがより募る。彼の愛撫やくちびるや舌の動きによって、自分が感じさせられていることがはっきりわかるから……。

「あっ、あぁあう……っ」

彼の中指がぬぷっと膣内に沈んでくる。軽く動かされるだけで膝がぷるぷる震えるほどに感じてしまった。

一度指を引き抜いた彼は今度は人差し指もともに沈めて、ティアナの恥丘を手のひらで覆う。そうすると手の付け根で花芯が圧されて、心地よい熱さがたちまち下肢から立ち上った。

「あっ、あ、あぁあう……っ」

「あなたは、ここを中と外から圧されるのが好きだな。ほら、蜜がさらにあふれて……わたしの手までぐっしょりだ」

オーガストの言うとおり、花芯とその裏を緩やかに圧された途端に、最奥からどっと蜜があふれてきた。

オーガストがわずかに手を動かしただけで、ぐちゅぐちゅとはしたない水音が響く。まるで粗相してしまったようだ。大量の蜜がつぅっと糸を引いて、ティアナの真っ白な内腿を伝い落ちていった。

「あ、あ……、恥ずかし、ぃ、です……っ」

「あなたの恥ずかしいところを見ることで、わたしはより興奮できる。ああ、ここもこんなに腫れて――」

「きゃあう！」

乳首をれろっと舐められ、ティアナの背がびくっと震えた。

オーガストは気をよくしたようにニヤッと笑って、右手の指を膣内で軽く動かしながら、激しく乳首を吸い上げてくる。

「あっ、あっ、いっぺんに……だめぇ……！　あぁあああ……！」

湧きあがる愉悦に耐えられず、ティアナはオーガストの頭を抱えて喉を反らせる。

彼にいじられるところを中心に燃えるような熱さが全身を駆け抜けて、ティアナはびくびくっと激しく震えてしまった。

「んあっ、あぁぁぁあ――……ッ！」

悲鳴のような嬌声を上げて、ティアナは早々に達してしまった。膝ががくがく震えて立っていられない。

彼が指を引き抜くと同時に、ティアナはオーガストの広い胸にずるずるともたれかかってしまった。

「はっ、はぁ、はぁ……っ」

達したあとはいつも息が上がって、まともにしゃべることもできない。心臓が狂ったように高鳴っていて、ティアナは細い肩を激しく上下させた。

だが息が整うのを待つこともなく、ティアナを仰向けに倒したオーガストは彼女のくちびるに強く吸いついてくる。ティアナは息を乱しながら、舌を絡め取ってくるオーガストの動きに必死についていこうとした。

「ん、むっ……、――んんう……っ！」

キスの合間に再び膣壁に指を埋められて、まだ絶頂の余韻が引かないティアナはついくぐもった声を漏らしてしまう。

「はっ、い、今は……っ、あぁ、いっ……！」

膣壁がそれまで以上に広げられて、ティアナはわずかに眉を寄せる。見ればオーガストは膣内に入れる指を三本に増やしていた。

「さすがに痛むか？　ゆっくり息を吐いてごらん」

「はっ、あ……、はぁっ……はぁ……」

オーガストの言葉にすがるように従い、息を吐き出す。そうすると指も馴染んできて、痛みは幾分なりを潜めた。

「もう少しほぐしたほうがいいな」

ティアナの様子を見たオーガストは身をかがめて、指を緩やかに出し入れしながらぷっくりふくらんだ花芯にくちびるを寄せる。

絶頂のあとで敏感になっているティアナは、はっとして止めようとするが、オーガストがそこに口づけるほうが早かった。

「ひあっ！　あ、あぁあん……！」

ふくらんで剝き出しになった花芯を乳首と同じように吸われ、舐め転がされる。鮮烈な刺激に、ティアナはじっとしていることもできずに何度も腰をよじった。

無意識に上へ逃げようとするも、オーガストに腰を摑まれ引き戻されてしまう。

「こら、逃げるな。可愛いな」

「だっ、て……っ、あぁっ、きゃぁあああん……っ」

仕置きだとばかりにじゅっと花芯を吸われて、ティアナは腰を跳ね上げながら、はふはふとせわしない呼吸をくり返す。

快感が大きくなると膣壁で感じる違和感は小さくなって、また達してしまわないかが心配になるほどだった。

「あ、あっ、あぁあ……また……っ」

思わずせっぱ詰まった声を上げるると、達してしまう寸前でオーガストが愛撫をやめた。

彼が指を引き抜いた瞬間、堰き止められていた蜜がどっとあふれていく。ティアナは小刻みに震えながら、なんとか息を整えようとした。

「あ、オーガストさま……」

目を伏せてはぁはぁと息をしていると、ティアナの足のあいだに入り込んだオーガストが、彼女の足をより大きく開かせているところだった。

何気なく目をやれば、オーガストの一物はすでにはち切れんばかりに勃起して、先端の小さな穴からわずかな液をにじませている。それ自体が意思を持っているかのようにわずかに震えているのを見て、ティアナは大きく息を呑んだ。

「わたしもそろそろ限界だ。……入れてもいいか？」

言葉どおり少し苦しげな顔で、己の竿部に手を添えたオーガストが懇願してくる。

こちらを見つめる紫の瞳があまりにきれいで、ティアナは半ばぼうっとしながらうなずいた。

オーガストが身をかがめてくる。彼とふれあう足のあいだがじりじりと熱くなる気がした。

なにかが蜜口にぴたりと当てられて、ずっ……と押し入ってくる。

「いっ……!? あっ、う……」

想像以上の圧迫感にティアナはつい息を詰めてしまう。オーガストがすかさず「息を吐くんだ」と声をかけてきた。

「む、むり……っ、ううっ……」

愛撫でほぐされていたとはいえ、やはり彼のものは太い上に長大だ。処女壁が引き攣るように痛んで、ぎゅっとつむった目尻から耐えきれず涙がぽろっとこぼれた。

それでも時間をかけて馴染ませていくうち、それは根元までしっかり埋められた。

オーガストが大きく息をついたのを感じて、ティアナもそろそろと目を開ける。

「はいり、ました……?」

「ああ、入った。……痛むか?」

ティアナは申し訳なく思いながらも、こくりと頷く。オーガストは苦笑して、ティアナの髪を優しくなでた。

「馴染むまでしばらくこうしていよう」

そうして彼はティアナを緩く抱きしめて、頬やこめかみにキスをしてくる。ティアナが顔を向けると、くちびるに柔らかく吸いついてきた。

「んっ……」

下肢の違和感から目をそらしたくて、ティアナは自分から彼の舌をちょんと突っついた。

オーガストはすぐに応えて、自らの舌を絡ませてくる。

上でも下でも密につながって、なんとも言えず不思議な感じだ。自分の身体なのに、中に彼がいるだけで違うものになったような気がしてくる。

「んっ……、オーガスト、さま……」

「どうした、とろんとした目をして。痛みは落ち着いたか？」

ティアナの銀髪を掻き上げながら、オーガストが汗のにじむ顔でほほ笑む。なんだか無理して笑っているように思えて、ティアナはふと心配になった。

「オーガスト様も、その、痛いのですか……？」

「いいや。女と違って、男のほうは破瓜で痛むことはないよ」

「でも、おつらそう……」

「それはあなたの中で早く動きたいからだ。ただこうして止まっているだけでは、男は達することはできないのだよ」

言われてみれば、彼が精を放つときは必ず腰を動かしていた。

なにかが挟まったように感じる秘所は未だ少し痛い。だけど、ただでさえここまで待ってくれた彼をこれ以上待たせるのも酷に思えた。

「あの、動いて、大丈夫ですから」

「だが、まだ痛むだろう」

「もう平気です」

きっぱり言ったはずだが、オーガストはティアナの強がりを見抜いているようだ。わずかに苦笑して「やはりあなたは可愛いな」とささやいてきた。

そうして感謝するようにくちびるに軽くキスしてから、彼はゆっくり腰を引いていく。広がった蜜口がピリピリして痛かったが、我慢できないほどではない。オーガストはティアナの様子を見ながら慎重に腰を引き、そしてまたゆっくり押し入れてきた。

「あうっ……」

彼の先端が奥をぐっと押し上げてくる。その瞬間、下腹部の奥がぶわっと浮き上がるような感覚がして、覚えのある愉悦がわずかに響いてきた。

「あ……?」

彼がゆっくり出し入れしてくるたび、奥のほうを突かれる快感は強くなってくる。

彼が押し上げてくるそこが、絶頂が近づくにつれ強くうずいてくるところだと悟った瞬間、痛みによる恐怖がすっと引いていった。

その代わりぐっと突き入れられるたびに、身体が浮き上がりそうな快感が襲ってきて、ティアナはとっさに彼の首筋に腕を回してしまう。

オーガストはティアナの耳元で「それでいい」とほほ笑んだ。

「しっかり摑まっているといい。もう少し……激しくさせてくれ」

オーガストはそう言うなり、それまでのじりじりとした動きを徐々に速めていった。

「んっ、あ、あ、あ……」

奥を突かれるたびに、ティアナの喉から高い声が漏れていく。抱きついたおかげでお互いの肌が密着して、身体が否応なく熱くなってきた。

「はぁ、フリーデ……っ」

ティアナだけでなくオーガストの呼吸も徐々に乱れてきて、耳元に彼の吐息を感じるだけで心臓がどきんっと跳ね上がる。

髪を掻き上げられ、舌を吸われて……その上で下肢を動かされて、ティアナはどうしようもなく感じてしまった。

「あっ、んっ……、オーガスト、さま……っ、あああん……！」

ぐちゅぐちゅとつながっているところから水音が響いてくる。愉悦を感じるようになると再び奥から蜜があふれ出して、オーガストの動きをよりなめらかにしていった。

オーガストの動きがさらに速くなり、彼の腰が臀部にぶつかるぱんぱんという乾いた音まで響いてくる。

上半身はぴたりと密着して、彼が動くたびに厚い胸板に乳首が擦れるのが気持ちよくてたまらない。

「あっ、あぁ、あんっ、んぅ、ンン――……ッ！」

あまりに卑猥であまりに気持ちいい行為に、頭がおかしくなりそうだ。

「はぁ……っ、あなたの中は……よすぎる……っ」

「あっ、あぁああっ……！　激し……、あぁあぁッ……！」

強く腰を引き寄せられて、ぐちゅぐちゅと蜜が泡立つほどに激しく抜き差しされる。快楽の嵐に翻弄されて、ティアナは振り落とされまいと必死にオーガストにしがみついた。

やがてオーガストが荒い息をつきながら「出る……っ」とつぶやき、ひときわ大きく腰を突き入れられる。

「きゃああう……！」

乱暴なほど激しく奥を突き入れられて、ティアナの頭が真っ白になった。絶頂で身体中ががくがくと震えて気が遠くなる。

どくんっと蜜壺の中で肉棒が震えるのがわかって、遅れて奥にじんわりとした温かさが広がるのを感じた。

（あ……。これ、子種……）

いつかオーガストに教わったことを思い出して、ティアナはなんとも言えず満たされた気持ちになる。

自分の上で、びく、びくっと小刻みに震えるオーガストが愛しく思えて、ティアナは息

を乱しつつも、彼の黒髪に優しく指を通した。

するとオーガストはぶるっと大きく震えて、ティアナの肩口からゆっくり顔を上げる。

「——そんないたずらをされると、一度で終わらなくなってしまうぞ?」

「……え、えっ?」

「そんなに驚いた顔をしなくてもいいだろう」

小さく噴き出したオーガストは、愛しくてたまらないといった様子でティアナにキスをした。

「あ、あの、わたし……上手く、できたでしょうか」

ふたを開ければただ足を広げて寝っ転がっているだけだったので、今さらながら不安になる。

それなのにオーガストはまた噴き出して「あなたはこんなときも真面目だな」と笑った。

「とても上手だったよ、我が愛しの妃よ。最高だった」

「よかった……」

ティアナはほっとして小さくほほ笑む。

一日出歩いた疲れもあって瞼がとろんと落ちてくるが、オーガストが顔中にキスの雨を降らせてくるので、すんなり眠ることができない。

「ん……、へいか、眠いです……」

「残念ながら、時刻はようやく夜に入ったところだ。今夜は長いから覚悟するんだな」

そう言いつつ、ティアナがうとうとしていることに気づいて、オーガストはすぐ彼女から離れた。

「風呂の用意を言いつけてくる。そのあとは夕食を一緒に取ろう。湯が沸くまで少し眠っておいで」

ティアナはほとんど眠りかけながらなんとかうなずく。

毛布を掛けられると安心感が増して、彼女はすぅっと眠りに落ちてしまった。

第五章　王妃としてできることを

翌日の午後、ティアナはさっそくイーサンに相談を持ちかけていた。

「オーガスト様が任せてくださったからには、国内の孤児院をはじめとする施設を視察したいと考えているんです。でも国王同様、王妃も長く城を空けられないと言われてしまって……。どうすればいいのか、お知恵を貸していただけないかと思って」

前のめりに尋ねるティアナに、イーサン老人はすぐには答えなかった。それどころか口ひげをゆったりなでながら、ややあきれた様子でため息をついて見せる。

「その心意気はいいとしまして、王妃様。長椅子に横たわったままでは、無作法である上に説得力が皆無であることも自覚されていらっしゃいますかな?」

「ご、ごめんなさい。もちろんわかっているのだけど……その……腰が立たなくて」

ティアナは真っ赤になってもごもごと謝った。

イーサンの言うとおり、ティアナは長椅子にクッションを持ち込んで、その上に横になっている状態だった。服装もドレスではなく、部屋着にガウンを重ねたくつろいだ格好だ。

王妃でなくても無作法極まりない。

（だけど、どうしようもないのよ。本当に足が震えてしまって立てないのだもの……！）

それもこれもオーガストのせいだ、と彼女は恨めしく思った。

――昨夜。オーガストとはじめて身体を重ね疲れてしまったティアナは、一時間後に起こされ、うつらうつらした状態で浴室に運ばれた。

それはよかったのだがなぜかオーガストまで一緒に入ってきて、身体を洗うという名目で再び息も絶え絶えになるほど愛撫されてしまったのだ。

愛撫だけならまだしも、そのまま浴槽の縁に掴まらされ背後から挿入されてしまった。

さんざんあえがされ、オーガストが吐精する頃にはティアナは眠る前よりさらにぐったりと疲れ切ってしまった。

それで終わればまだよかったものの……。寝台の上で軽い夕食をつまんだあと、オーガストはまた覆いかぶさってきたのだ。

さすがに無理ですと抗議したが、ティアナとつながることがよほど心地よかったのだろう。笑顔のオーガストになんだかんだと押し切られてしまい、三度突き入れられることになった。

そうして過剰なほどに愛されて……気づけば朝になっており、ティアナの足腰は生まれたての小鹿のごとくぷるぷる震えるばかりで、まったく力が入らない状態になっていたのだ。

（午前中は立てないどころか喉も痛くて、お医者様に声がれに効くお薬まで出していただくことになったわ……）

思い出すだけで恥ずかしく、いたたまれない。

それもこれもすべてオーガストのせいだと、ティアナは頰をふくらませた。

「まぁ、仲がよくて結構なことです。ただ陛下は武人としても大変優秀な方です。つまり体力馬鹿なのです。まともにつきあっていたらご自身の身体が保ちませんぞ、王妃様」

「それはわたしではなく、ぜひ陛下におっしゃってくださいませ」

「そこは妻が上手く手綱を握ってどうにかするところです。夫婦の問題に外野が口を出すことほど野暮なものはございません」

イーサンは軽く肩をすくめる。ティアナはますますむくれてしまった。

「それはさておき。慈善事業を王妃様がお引き受けなさることは賛成です。すべての施設に出向けない問題は、信頼の置ける役人などを代理として向かわせることで解決できます」

「信頼の置ける役人に……」

目をぱちぱちとさせるティアナを、イーサンはまたあきれた様子で見つめた。

「王妃様が優秀であり努力家であることは、嫁がれてからの奥向きの仕事ぶりや、わたしの授業に食らいつく姿勢を見ればわかります。ただ、あなたにはひとを使うという発想があまりに乏しい。王族に生まれた方にしては不自然なほどだ」

ぎろっと鋭い目で見つめられて、ティアナはどうしようもなくそわそわした。

「そ、そうかしら……。そ、それより、あなたに優秀と言っていただけるとは思わなかったから、とても驚きました」

「今後ひとを効率よく使うことを覚えれば、対外的にもそう評価されるようになるでしょう。……役人に関してはわたしに何人か心当たりがございます。人選を任せてくださるなら、ご協力いたしますが」

「本当ですか⁉　それはありがたいです。イーサン様が選んでくださった方なら、それこそ間違いないでしょう」

イーサンはふんっと鼻を鳴らして「褒めてもなにも出ませんがね」と、いつも通り嫌みったらしく答えた。

「では今日は孤児院などの施設について、詳しくお話しいたしましょうか。公営のものがほとんどですが、中には民間のものもございます。そういった違いを知るのも今後の役に立つでしょう」

「ええ、お願いします」

横になったままの不自由な姿勢ながらも、ティアナはイーサンの話を熱心に聞き、要点をノートに書き留める。

オーガストと身も心も結ばれたせいだろうか？　これまで以上に、王妃としてやれることをしっかりやろうと意気込むティアナだった。


それから三日後オーガストは王城の玄関先で、不機嫌そうに口をへの字にしていた。

「そんな顔をしないでくださいよ、陛下。いくら王妃様とのデートができなくなったからと言って」

おろおろするティアナに代わって、そう声をかけたのは国王の側近であるリックだ。

彼は主人の不機嫌顔にやれやれという感じで、ティアナにも「気にしなくていいですからね」と声をかけてくれる。

「ご安心ください、陛下。王妃様のことは自分がしっかりお守りしますので」

「そんなことは当然だ。なにがあろうと、たとえおまえが命を落とすことになろうとも、王妃のことは死んでも守れ」

「無論です」

「オ、オーガスト様ったら。不吉なことをおっしゃらないでください。それにこのお出かけは、デ、デート……ではなく、孤児院の視察ですっ」

「デートのところで噛んでいらっしゃるのが可愛らしいですね」

リックのからかいを聞くなりティアナはますます真っ赤になり、オーガストは射殺しそうな目を側近に向けた。

「さ、そろそろ出発しましょう、王妃様」

「あ、はい。ではオーガスト様、行ってまいります」

「待て、フリーデ」

オーガストはむっつりしたまま懐に手を入れ「これをつけていけ」となにかを差し出した。

「まぁ！　これってこの前の……！」

ティアナは目を丸くして、オーガストが差し出した髪飾りを受け取る。

バラが三つ連なったデザインの銀細工の髪飾りだった。前回の町歩きのとき、思わず目を留めた品に間違いない。

いつこれを？　と目線で問うティアナに、オーガストは少し照れた様子であさっての方向を向いた。

「君がほかの品を見ている隙にこっそり買っておいた。そのあと、その……いろいろあったから、渡すのをすっかり忘れていてな」

彼の言う『いろいろ』を思い出し、ティアナはますます真っ赤になる。恥ずかしさを振り払うため、彼女はあわてて「あ、ありがとうございます」と頭を下げた。

「嬉しいです、とても……。すごく素敵な品だなと思って見ていたものですから」

「ああ、顔にそう書いてあったよ。……つけてやろうか？」

「よろしいのですか？」

ティアナはぱっと笑顔になって、帽子を取りいそいそとうしろを向く。

オーガストはハーフアップにしてある銀髪に、髪飾りを器用に留めてくれた。

「あなたの銀髪にはこういうデザインがよく似合う」

身をかがめたオーガストが、わざと耳のうしろに息を吹きかけるようにささやくから、
ティアナは「きゃん！」と飛び跳ねてしまった。

「陛下、王妃様、仲がよろしいのは大変結構ですが、出発を待つ我々のことを少しでも思い出していただけますと幸いです」

側近のリックがあきれた笑いを浮かべながら、あさっての方向を見てそうつぶやく。彼のうしろでは護衛の三人の騎士も苦笑いを浮かべていた。

「あ、あっ、す、すみません……！」

「君が謝ることではないぞ、フリーデ。優秀な側近や騎士たるもの、こういう場面ではおとなしく空気となって待っているのは当然のことだ」

「もうっ、オーガスト様ったら」

ティアナは片足を引いて「行ってきます」とお辞儀をすると、用意された馬車にそそくさと向かった。馬車には護衛のためにリックも同乗する。

オーガストは馬車が門を出るまで、その場でじっと見送ってくれた。

「……やれやれ。王妃様とお出かけできなくなったことが、よほど腹に据えかねているようですね。国王の責務に私情をはさまないあの方が、ああも変わるとは。恋とは驚くべきものです」

王城の門を出たところで、リックが耐えきれないという様子で声を立てて笑った。

「わたしもびっくりしました。でも、急用が入ってしまったのだから仕方ありません」

「その通り。陛下もそれがわかっているから、一緒に行くとは言わなかったのでしょう」

「そう考えれば、やはり陛下は立派な方ですわ」

ほほ笑むティアナに対し、リックも少しほっとした様子で口元を緩めた。

「王妃様を国境からこちらへ送り届けるあいだ、お二人の仲がどうなることかと思っておりましたが……今ではすっかり無用の心配ですね。陛下の側近として喜ばしいことです」

「道中ではリック様に、たくさんお世話になりました」

「なんのなんの、それが仕事ですから。とはいえ王妃様が登城される日に、陛下が城を留守にされたのは驚きましたが。もしや未来の妃との顔合わせがいやで逃げたのかと邪推してしまいましたよ」

そういえばそんなこともあったわ、とティアナは懐かしくなる。結局その日の夜に中庭で対面を果たしたのだが、きっとリックはそのことを知らないのだろう。

「そういえば、あの日の陛下はどうして城をお留守にしていたのでしょう?」

「実は今日入った急用と同じ事情でした。――人身売買を行う商人の一団を発見したという知らせが入り、それを確認に向かっていたのです」

不穏な言葉に、ティアナは息を呑んだ。

「イーサン様から教わりました。この国に孤児院が建てられたのは五年ほど前からで……そのそもそもの理由は、横行する人身売買の危険から孤児たちを守るためだったと」

「その通りです」

リックは重々しくうなずいた。

「人身売買も長く続いた戦争が生み出した負の財産です。三国が統一してすぐに禁止令が出されましたが、いつの時代、どんな世界にも、それをすり抜ける輩(やから)は存在しますから」

オーガストが即位してから取り締まりはさらに厳しくなったということだが、それでも隠れた場所で取引は継続して行われているようだ。

「昔は奴隷を引きつれて歩く商人も多かったので、摘発も簡単だったのですけどね。今は隠れてやられるぶん、発見が難しいのです。だからこそ情報が入ったらすぐに確認しに行くわけです。悪人に逃げる隙を与えないために」

その際は怪しまれないよう、少数精鋭で現場に駆けつけることになっているそうだ。きっとオーガストも今頃現場に出発していることだろう。

「悪いひとたちをすみやかに捕らえることができるといいのですが……」

「そうですね。自分の代で人身売買文化を終わらせると、陛下は常々口にされていますから。――同時に、慈善事業を活性化し、社会的に弱い人々を助けることもみずからの使命とされていらっしゃいます」

「そうね。わたしは騎士のように戦うことはできないけれど、子供の相手は得意だわ。わたしはわたしにできる方法で、陛下のためにもがんばることにします」

「すばらしい王妃を持てて、この国は安泰ですね」

リックは心からそう思った様子で、ティアナににっこりほほ笑みかけた。

そうこうしているうちに馬車は孤児院に到着する。オーガストと訪れた、城下町外れのあの施設だ。

訪問の先触れを出していたからか、門の前には孤児たちが整列しており、今か今かと首を伸ばして馬車の到着を待っていた。

「王妃様ー！　本当にきてくれたんだ！」

「遊ぼう！　この前やったこおり鬼！　かくれんぼでもいいよ！」

「お歌を歌ってよ～！」

馬車を降りるなり子供たちに取り囲まれて、ティアナはたちまち笑顔になった。

「まぁ、どれから遊ぼうかしら。でも先に院長先生や職員の皆様にご挨拶をさせて。ね？」

そんなティアナのうしろで、護衛の三人の騎士たちが馬車の後部に詰まれていた荷物を次々に屋内へ運び入れはじめた。

それに気づいた子供たちが「それ、なぁに？」と荷物に着いていく。ティアナは職員たちに断りを入れてから、運ばれたそれらの荷物を騎士に開けてもらった。

「――わぁ！　新しい服がいっぱいだぁ！」

「おもちゃもある！　絵本も！　すごーい！」

それは前回訪問した際に、ティアナが『足りないもの』と感じた品々だった。これらの用意ができたので、今日は視察がてら渡しにきたわけだ。

「みんなへのプレゼントよ。今日はお菓子も焼いてきたの」

「お菓子⁉　わーい！」

大喜びではしゃぐ子供たちに、ティアナもにっこり笑った。

そうして子供たちがお菓子を食べているあいだ、ティアナは数人の職員にいくつかの聞き取りをする。

その後は前回と同じように子供たちと遊んだが、今日は子供たちの輪から一人ぽつんと離れたところにいる子を見つけて、思わず「あっ」と声が漏れた。

「こんにちは。この前、町で会った子よね？」

その子は広場でティアナのパンをくすねようとして、オーガストによりここに連れてこられた少年だった。

遊びの輪に入りたそうにしていたがティアナがいるため、ためらっているらしい。

「元気にしていたかしら？　前より多少ふっくらしてきたわね」

ティアナはかまわず少年の頰を手ではさむ。

間近から顔をのぞき込まれて、少年は真っ赤になって「は、離せよ」と暴れた。

「ほら、ガイ。王妃様に会ったらなんて言うんだったっけ？」

年長の子供が少年――どうやらガイという名前らしい――を肘で突っつく。

少年ガイは言いづらそうにしながらも「わ、悪かったな！」と謝った。

「こら！　そこは『悪かったな』じゃなくて、『ごめんなさい』でしょ⁉」

「う、うるせぇな、どっちも同じだろ⁉」

「ごめんなさい王妃様。こいつ、かなり口が悪いんだ」

年長の子供が取りなしてくる。ガイは口をへの字に曲げていたが、年長の子にかまわれるのはまんざらでもない様子で、口元に隠しきれない笑顔が浮かんでいた。

それを嬉しく思いながら、ティアナは「いいのよ」と寛大にほほ笑む。

「でもここで楽しく過ごしたいなら、年上の言うことはよく聞くことよ、ガイ。わかった？」

「う、うるせぇなっ、勝手に頭なでるなよ、このアマ！」

「ガイ！　王妃様に向かってなんてこと言うのよ！」

年長の子がすかさず叱り飛ばす。ティアナはそんな様子もほほ笑ましく見守った。

お茶の時間を回ったところで、その日も王城へ帰ることになった。

またまた涙ながらに見送る子供たちに手を振って、ティアナは馬車に乗り込む。その胸は充溢感にあふれていたが、頭の中は考え事であふれていた。

「浮かない顔ですね。子供たちと遊んでいたときはあんなに楽しそうでしたのに」

側近リックが向かいの席から尋ねてくる。ティアナは難しい顔のままうなずいた。

「この前は子供たちと遊ぶだけだったけれど、今日は職員の話を聞けたでしょう？」

「悪い話でも聞かされましたか？」

「いいえ、とても有意義なお話だったの。だからこそ、こちらもきちんと考えないといけないと思って」

真剣に考え込むティアナにリックは驚いた様子だったが、「自分に協力できることならしますので」とほほ笑んでくれる。

ティアナは「心強いわ」と返して、王城に着くまで必死に頭を働かせるのだった。

＊　＊　＊

結局、オーガストは翌日になっても帰ってこなかった。

人身売買の商人たちは現場からすでに逃走していたようだが、また別の場所で似たような話を聞きつけたため、そちらも見てくるとのことらしい。

そのため、二日後に予定されていた定例会議は国王不在で行われることになった。

国王不在の場合は宰相が進行役となるようだ。厳つい顔つきの宰相が「はじめましょう」と、席に着いた全員の顔を見回した。

「まずは前回に引き続き、予算案からまいりましょう――」

予算の振り分けは国政の中でも特に大切なものだ。ティアナは全員に配られている資料を手に、大臣たちの意見に耳を傾ける。

参加し出した頃はさっぱりだった内容も、このところ少しずつ理解できるようになっていた。間違いなくイーサンの教えの賜物だろう。

（それでもまだ完全に理解できるとは言いがたいわ。もっと勉強しないと……）

そんなことを考えつつ全員の意見を聞いていたが、ティアナはあることに気づいて息を呑んだ。

「では各省の要望が出そろったところで――」

「ま、待ってください。わたしも意見を申し上げてよろしいでしょうか」

宰相の声をさえぎりティアナはあわてて手を上げる。

これまで参加してもただ座っているだけだった王妃が発言を求めたので、集まった人々も驚いた様子で目を丸くした。

「あ、の。この要望書を見る限り……孤児院や病院などへの予算が、まったく組み込まれていないのが気になりまして」

全員の視線が突き刺さるようだと思いながらも、ティアナは勇気を奮い立たせた。

「長引いた戦争の余波で病人や怪我人、孤児や未亡人が多くいることは皆様もご存じかと思います。彼らを救済する施設があることも。ですが……そこへの支援が現状ではあまりに足りていないと思うのです」

今こそ、孤児院の職員たちから聞いたことを訴えるべきだ。

ティアナは左手にはまった二つの指輪をぎゅっと握って、しっかり顔を上げた。

「特に孤児たちは学もなく親もいないためまともな職にありつけず、大人になっても食べることに困って、結局盗みなどに手を染めるようになると聞きました。最低限の読み書きを教えたり、大きくなった彼らに就職先を斡旋(あっせん)することに予算を割くことはできないでしょうか？」

思いもよらない意見だったのだろう。参加者たちは困った様子でお互いの顔を見合わせる。

その中で、古参の大臣が「ふんっ」とこれ見よがしに鼻を鳴らしてきた。

「孤児など手をかけるだけ無駄というもの。読み書きなどができずとも、鉱山や畑に行けば仕事はいくらでもあります」

「で、でも、それは主に男の子に振られる仕事です。女の子のことを考えると――」

「女はそれこそ花街でいくらでも稼げるでしょう」

「はなまち？」

聞いたことがない言葉にティアナは首をかしげる。意見した大臣が「これは失礼」と、なんとなくいやな雰囲気の笑みを浮かべた。

「深窓の姫君であられた王妃様が知る言葉ではなかったですな。まぁとにかく、王妃様ともあろう方が孤児を気にかけることはございません」

「い、いいえ。少なくともアマンディアの修道院では、孤児にはきちんと読み書きと計算を教え、支援者を通して就職先を斡旋してもらっていました。女の子は修道女になる道も用意されておりました」

かくいうティアナは、そうやって修道女見習いとして働いていたのだ。

一緒に育った孤児の中には、裁縫の腕を生かしてお針子になった子も、頭のよさを買われて街の学校に入った子もいる。親のいない子供だって、きちんと手をかけて育てれば一人前の大人になれるのだ。

それを知っているだけに、ティアナは『孤児ごとき』という呼び名に強い反発を覚えてしまった。

「病院や救貧院への支援も必要なものです。彼らは長く続いた戦争の犠牲者です。国が手厚く保護してしかるべきだと思います」

「王妃様はこの頃は元宰相のイーサン殿から教えを受けているそうですなぁ」

それまでと別の大臣がのんびりと口をはさんでくる。ティアナは「はい、そうです」とうなずいた。

「それがなにか……」

「いやいや。そのように賢しらなことをおっしゃるのは、イーサン殿の入れ知恵ではないかと思いましてな。先代の国王が崩御すると同時に身を引いたイーサン殿を、みな潔いと讃えていただけに、まさか王妃様を通してそのように意見をしてくるとは……」

思いもよらない邪推に、ティアナは驚く以上に混乱した。

「わたしが口にしている考えは、わたし自身が考え訴えたいと思ったことです。確かにイーサン様からたくさんのことを学ばせていただいておりますが、入れ知恵なんて……」

しかし居並ぶ人々は皆「わかっていますよ」とでも言いたげなにやにやした笑いを浮か

べるばかりだ。

我を通そうとする子供を面白おかしく眺めるような雰囲気に、ティアナは息を呑んだまま固まってしまう。

これは間違いなく自分の考えだとはっきり主張したいのに、雰囲気に圧されて上手く言葉が出てこない。

頭が真っ白になって泣きそうになったときだ。会議室の扉がやにわに大きく開かれた。

「途中からの参加ですまない。今帰った」

「国王陛下！」

ティアナははっと扉を振り返る。

入ってきたのはオーガストだ。帰ってくるなり直接こちらへやってきたらしい。「むさ苦しい格好だが許せ」と言って、空席だった国王の席にどかっと座った。

「で？　この異様な雰囲気はなんだ？」

「それが、王妃様がイーサン殿に妙な入れ知恵をされたようで」

ティアナが口を開く前に、彼女に意見した大臣が説明をはじめてしまう。

おかげでティアナはあせりと不安を募らせるが、大臣の話を最後まで聞いたオーガストは、ふむ、と一言告げて首をかしげた。

「貴殿はなぜ王妃が申したその意見を、イーサンの入れ知恵だと思ったのだ？」

「は？　そ、それはもちろん、王妃様がイーサン殿を教師として迎えているからで……」

「それは間違いないが、王妃は先頃わたしとともに城下町の視察に出て、そこで孤児院の実態を目にしたのだ。彼女はそこを辞したあと、すぐに現状でなにが足りないかを指摘して見せたぞ。その後は熱心に孤児院の成り立ちなどについて学んだそうだ」

そうだろう？　とオーガストに話を振られて、ティアナはこくこくと必死にうなずいた。

「王妃は慈善事業に関心が高いのだ。王女時代にも、孤児院に慰問に行っては孤児たちの相手をしていたそうだ。子供たちと遊ぶ様子は職員たちですら舌を巻くほど様になっていた。そんな彼女が慈善事業に予算を振り分けたいと願うのは、ごく自然のことだろう」

「し、しかし、孤児院に予算を回すなど……」

「そうです。鉱山で扱う機材を増やすことを考えたほうが、よほど合理的でしょう」

ほかの参加者たちも何人か「その通り」とばかりにうなずいてみせる。

ティアナは不安になってオーガストを見つめるが、彼は泰然とした様子を崩さなかった。

「確かに鉱山からの資源は、我が国の大切な財源にもなるものだ。国を豊かにするのに金になるものは必要不可欠。――だがわたしは、それを扱う人間もまた大切な財産だと考えている」

オーガストはティアナを見返し、かすかにほほ笑んだ。

「どのみち、親がいる子だろうといない子だろうと、わたしが愛する国民であることに変わりはないのだ。——そういえば、アマンディア王国は孤児たちも手厚く保護することで、将来の労働力を補っているという話を聞いたことがあるな。そういう意味でも、かの国の出身である王妃の意見は貴重なものだ。検討の余地はあると思うぞ」

ほかでもないオーガストの言葉により、ティアナをあなどる目で見ていた人々も渋い顔ながら口をつぐんだ。

その後はいつも通りの会議が進行して、予算案についてはまたおのおの持ち帰って検討するという内容に落ち着いた。

「さて、わたしは風呂に入らねば。旅装のまま駆けつけてしまったからな」

オーガストが気安い口調でティアナに話しかけ、腕を差し出してくる。ティアナはためらいがちにその腕に手を添えた。

会議室を出て国王の私室まで歩きながら、ティアナはそっと頭を下げる。

「ありがとうございます、オーガスト様。助けてくださって」

「わたしはただ、あなたの意見は貴重だと口にしたに過ぎない。……もう少し早く駆けつけていればよかったな。いやな思いをしたのだろう？」

現場を見ていなくても事情を説明した大臣の語り口と参加者たちの表情から、オーガストはなにが起きたのか正確に察しているようだ。

「……意見を否定されるならまだわかるのですが、誰かに言わされたというふうに捉えられるのは、とても悔しいと思いました。悲しいとも、どうしてとも思いました」

「あなたはまだ嫁いで日が浅いからな。わたしはあなたが賢く理知的であることも知っているが、ほかの連中はまだそれに気づいていない」

「いいえ。わたしが本当に賢いなら、あの場で……衝動的にものを言うのは控えることができたかもしれません。陛下のおっしゃるとおり、ここへきて日が浅い者が意見するのは、きっと無謀なことだったのだわ」

会議でのやりとりを思い出し、ティアナの胸がぎゅっと締めつけられるように痛む。

彼女は左手の二つの指輪を右手で包み込んだ。

「ただ意見するだけではきっと駄目なんだわ。言葉に説得力を持たせないと」

「その通りだ。やはりあなたは賢いな、自力でその結論にたどり着くのだから」

オーガストが嬉しそうに破顔した。

「そのためには実績を詰むことももちろん大切だが、根回しも大切になってくるだろう」

「根回し？」

「要は意見する前に、あらかじめ賛同者——つまりは味方をたくさんつけておくということだ。先ほどの会議であなたの味方はわたししかいなかった。考えてごらん？　先ほどの場にいた半分以上が、あなたと同じ考えを持つ味方だったとしたら。そしたら、おそらくあなたの主張は検討すべきものとして受け取られたはずだ」

ティアナはなるほどと大きくうなずく。オーガストの言うとおり、味方を集めることは大切なことだ。

「助言をありがとうございます、陛下。どうやったら味方が増えるか考えてみます」

さっそく考えはじめるティアナに、オーガストは声を上げて笑った。

「あなたの奥ゆかしいところだな。味方を集めるためにわたしに協力してくれと言わないところは」

「だって慈善活動に予算を割いてほしいというのは、まぎれもないわたしの意見ですもの。わたしが知恵を絞らなければ。また『誰かに入れ知恵されたのだ』と疑われるのは御免です」

意気込むティアナに対し、オーガストは「それでこそ我が愛しの妃だ」とうなずいた。

「だが、今は小難しいことを考えるのはあとにしてほしいな。──馬を飛ばして帰ってきた夫をいたわってはくれないか？」

「あっ……！　ごめんなさい。わたし、お帰りなさいもまだお伝えしていませんでした」

ティアナはあわててオーガストに頭を下げた。

「お帰りなさいませ、陛下。ご無事のお戻り、なによりでございます」

「うむ。王妃の挨拶、確かに受け取った。──が、いささか遅い挨拶だったな。罰として一緒に風呂に入って、わたしの背中を流してもらおうか」

「えっ!?　お、お風呂にですか?」

「拒否権はないぞ。挨拶が遅れた自分を恨むがいい」

オーガストはにやりとひとの悪い笑みを浮かべる。

ティアナは前回ともに入浴してどうなったかを思い出して、部屋に入る前から真っ赤になってしまった。

「へ、変なことはなしですからね、陛下」

「ふぅん、変なこととは？」

「で、ですから、身体を洗うと称して、あ、あちこちさわったり、その……、い、言わせないでください、まだ日があるうちからっ！」

「ははは っ！　あなたがあまりに可愛らしいものでな。ついからかいたくなるのだ」

「もう！」

ぷりぷり怒るティアナだが、気安い会話のおかげか、会議室を出たときのじくじくした気持ちはすっかりなりを潜めていた。

（わたしがあまりに気落ちしていたから、わざと軽口を叩いて慰めてくださったのよね）

そう思ったティアナは、もしや背中を流してくれというのもからかいのうちなのかしらと思ったのだが……。

当然のように浴室に連れ込まれ、いつかと同じように声が嗄れるまで鳴かされてしまって、結局またぷりぷりと怒る羽目になったのであった。

＊　＊　＊

翌朝。姿見の前に立ち侍女たちにドレスを着付けてもらいながら、ティアナは相談を持ちかける。

「ということで、味方を増やそうと思うの。なにかいい案はないかしら。イーサン様は地方に斡旋する役人を探してくださっているから相談しづらくて」

てきぱきと動きながら、侍女たちは「そうですねぇ」とおのおの意見を述べた。

「相手が王妃様と言えど、男性陣はそもそも『女性』というだけであなどってくるところもあると思うんですよね」

「そうそう。だから会議に出てくるようなお偉い方々ではなく、その奥様とか娘さんを味方につけるというのはどうでしょう？」

「奥様たちを？」

目を丸くするティアナに対し、侍女たちはそれがいいとばかりにうなずいた。

「王妃様は主催者として茶会や音楽会を定期的に開くことができるお立場です。これまで社交もがんばってこなしていらっしゃいましたから、ご友人も増えたのでは？」

宝石箱を手にやってきたダーナも話に加わってくる。彼女のまなざしは優しくて、本当に我が子か孫を見るような慈愛に満ちていた。

「ええ。皆様とてもよくしてくださっているわ」

「まずはそういった方々に慈善事業の大切さをお話しするのはいかがでしょうか。アマンディアでは慈善活動が盛んであることや、高貴なる者の義務（ノブレス・オブリージュ）があることなどをお話しするのは」

「高貴なる者の義務？　それはなんですか？」

侍女の一人が目をぱちぱちさせながら尋ねてくる。

ティアナもわからなくて、ダーナに視線で助けを求めた。

「『王族や貴族に生まれた者は、社会に対し果たすべき責務を負う』という意味を持つ格言です。そのうちの一つに、社会的に恵まれない人々に対し慈愛の心を持って接するように、というのがあるのですよ」

フリーデの乳母であったダーナはよどみなく説明する。

ユールベスタスの侍女たちはいたく感心した様子で「王妃様がなさっていること、そのものだわ！」とうなずき合った。

「そんなに大層なことをしている自覚はないわ。孤児や病人たちにもっと快適に暮らしてほしいだけなの。オーガスト様もそれを望んでいらっしゃるから助けになりたくて……」

「そのお考えがすでに尊いのですわ！」

侍女たちはよけいに興奮した面持ちだ。

そのとき扉がノックされて、女官長がぬっと怖い顔をのぞかせた。

「なんですか、騒々しい。王妃様の侍女としての品格をお持ちなさい」

「女官長様！　すみません」

侍女たちはあわてて着付けに戻る。ティアナは「着替え中でごめんなさい」と断ってから用件を聞いた。

女官長は毎朝、王妃の一日の予定を伝えるために顔を見せる。今日もいつも通りだと伝えて去って行こうとする女官長を、ティアナは呼び止めた。

「――ということで、なにかいい案はないかみんなに相談していたところなんです。女官長はどう思いますか？」

「そうですねぇ……。女性陣は流行に敏感ですし、アマンディアのような大きな国で流行っているものは、なんでも取り入れたいと思っていることでしょう。その『高貴なる者の義務』ですか？　それをお話しするのは効果的かと思いますよ」

「ありがとう。やってみるわ。次の王妃主催のお茶会はいつだったかしら」

「明日の午後でございます。――王妃様、お勉強や視察も大切ですが、社交も大切な公務なのですから、催しの日くらい覚えておいてくださいませんと」

「ごめんなさい、気をつけます」

　女官長に厳しめに見つめられて、ティアナはあわてて背筋を伸ばすのだった。


　とはいえ女官長は『慈善活動の大切さを広めたい』というティアナの意を汲み、参加者にそれとなく明日の茶会でその話があるとささやいてくれたようだ。

　翌日の茶会では参加した貴婦人たちのほうから「孤児院に慰問にいらしたそうですね」と話が振られて、ティアナは目を輝かせた。

「ええ、そうなのです。皆様は孤児院や病院を訪問なさったことはございますか？」

「あいにく……。ほら、ああいうところは……言ってはなんですけれど」

「あまり、長く滞在したい雰囲気ではありませんものね」

　さすが貴族の奥方たちだ。はっきり『行きたくない』とは言わずに、そんな言葉でやんわり表現してくる。

　ティアナは「わかります」とうなずいてから、自分の思いを伝えた。

「どうしても、設備やそこで過ごしている人々の境遇や事情もあって、明るい雰囲気とは言いづらいかもしれません。けれど彼らもまた懸命に生きている人間であり、この国の国民であることに変わりありません。わたしたちと同じ国に過ごす彼らが少しでも暮らしやすくなることは、とても大切なことだと思うのです」

夫人たちは驚いた様子で顔を見合わせる。

なんとも言えぬざわめきが起きる中、ある夫人が「よろしいでしょうか」とおずおずと手を上げた。

「ラムレット侯爵夫人。ええ、もちろん、なんでもおっしゃってください」

ティアナは笑顔でうなずく。

侯爵夫人はなかなか話し出さなかったが、やがて意を決した様子で顔を上げた。

「実は……わたくしの甥は地方の療養所にもう十年も世話になっております。騎士だった甥は戦争で大怪我を負った末に片足をなくして、精神的にも少しまいってしまって……。たまに見舞いに行くのですが、そこはできれば近づきたくないほど暗くてジメジメした施設なのです」

「まぁっ、侯爵夫人の甥御様というと、ベルデン伯爵のご子息だったかしら?」

貴族の交友関係に詳しいノーラ公爵夫人が声をかける。ラムレット侯爵夫人はうなずいた。

「あの大将軍ベルデン伯爵のご子息ですか。確かに戦場から帰ってきたとは聞いていましたが、まさか足をなくされていたとは……」

「わたくしにとっては弟であるベルデン伯爵も、やはり戦場で傷を負って瀕死の状態で帰還いたしました。医者も戦場に取られていたため主治医を家に呼ぶこともできず、弟も最後は療養所に入ることになりましたが……やはりあまりいい環境とは言えず、最後は感染症にかかってしまって……」

弟と甥のことを思い出してか、ラムレット侯爵夫人の瞳には涙が浮かんでいた。

「そのときはどこの施設も病人や怪我人であふれていましたし、健康な男性たちは三国統一に奔走していて、傷ついた方のほうなど見向きもしませんでした。わたくしも当時はどうすることもできなくて……」

「お気の毒に……」

「でも……だからこそ、王妃様がそういった施設のことを気にかけてくださったことが、とても嬉しく思えたのです」

ラムレット侯爵夫人は目尻をハンカチで押さえると、まっすぐティアナを見つめた。

「王妃様、わたくしにもなにか協力できることはございませんか？　亡き弟はもちろん今も苦しんでいる甥のために、少しでも療養によい環境を整えてやりたいのです」

夫人の真摯な気持ちにティアナは胸を打たれる。彼女は思わずラムレット侯爵夫人に駆け寄って、その手をぎゅっと握った。

「もちろんですわ。これから一緒になにができるかを考えましょう。先日、定例会議の場で慈善活動に予算を回していただけないか提案したところですの」

「まあ！　定例会議で発言なさったのですか。あそこは女性が口をはさむのは許されない雰囲気ですのに……針のむしろになりませんでしたか？」

ノーラ公爵夫人が驚き半分、心配半分の顔で尋ねてくる。ティアナは苦笑を返した。

「実は、とても悔しい思いをいたしました。そうしたら陛下が、味方をたくさん増やしてはどうかとおっしゃってくださって」

「まぁ……！　国王陛下が王妃様を大切にされていることはもはや周知の事実ですが、国政に関することもお二人でお話になっているのですね」

公爵夫人のみならず、ほかの参加者たちも驚いた様子だ。あちこちから「陛下は王妃様を尊重しておいでなのだわ」とか「陛下はそれほどまでに王妃様を信頼なさっているのね」というささやきが聞こえてくる。

「い、いいえ、わたしが考え足らずだったものですから……。きっと陛下も助言せずにはいられなかったのでしょう。お優しい方でいらっしゃいますから」

ティアナが頬を赤らめると、夫人たちはますます色めき立った。

「国王陛下が王妃様に助言なさったということは、陛下もまた慈善活動に関心を抱かれているということですわね。きっと国の発展のために必要なことと思われているのでしょう」

「孤児や病人によい環境を作ることが、ですか？」

ノーラ公爵夫人の発言に、何人かが怪訝な顔をする。

ティアナは「その通りです」と公爵夫人に大きくうなずいて見せた。

「それにわたしの生国のアマンディアでは、こ、『高貴なる者の義務』というものが存在しておりますの」

「まぁ、それはなんですか?」

言い慣れない言葉に噛みそうになりながらも、ティアナはダーナがした説明をそのまま夫人たちに伝えた。

「まぁ……!　アマンディアにはそのような考え方があるのですね」

「最近はアマンディアとの交易も盛んになって、かの国のものがいろいろと入ってくるようになりましたけれど。そのような風習ははじめて聞きました。文化国らしいすばらしい価値観ですわね」

女官長の言っていた通り、夫人たちはアマンディアの価値観にふれたことで考え方が変わってきたらしい。

「王妃様、わたくし……やはり孤児院や病院を訪問するのは、少し怖くて難しいのです。でも必要なものを差し入れたりとか、そういうことなら協力できるかと思います」

「まぁっ、とてもありがたいことですわ……!　今はまだ暑い時期ですが、寒さが厳しくなると毛布ですとか、冬の暖かい衣服などがどうしても必要になりますの」

「それなら皆様で毛糸を持ち寄って、編み物の会を開くのはどうでしょう？　子供用の靴下や帽子なら、わたくしたちだって編めますわ」

「すばらしい考えだわ……！　職人にお願いするより、そのほうが早くたくさん作れそうです」

「病院ではお薬や清潔な布などが不足しがちだそうです。どこからか融通できないかしら……」

「そもそもお医者様の数も足りていないのでは？」

その気になった貴婦人たちからは、ティアナ一人では考えつかなかったたくさんの意見やアイディアが出てきた。ティアナは途中から紙とペンを用意してもらい、次々と上がる声をすべて書き留めていく。

「皆様ありがとうございます……！　では編み物の会は週末にでも開きましょう」

「今日きていない方にも声をかけてよろしいかしら？　うちの娘たちにも？」

「もちろんです！　なるべくたくさんの方に集まっていただけたら嬉しいです」

気づけば時刻は夕方近くになっていた。

参加者たちがティアナに別れの挨拶を告げてサロンをぞろぞろと出ていく頃には、全員がどことなく誇らしげでやる気に満ちた表情を浮かべていた。

もちろんティアナも輝かんばかりの笑顔だ。いつもこの手の催しが終わったあとは気疲れからぐったりしていることが多いだけに、満面の笑みで部屋に戻ってきた主人に侍女たちも驚いていた。

「さぁ、忙しくなるわ。誰か女官を呼んでちょうだい。毛糸と編み棒と、お茶とお菓子の手配をお願いしたいの」

「かしこまりました。それと王妃様、イーサン様が先ほどお見えになって、地方に派遣する役人の人選が終わったとおっしゃっていました」

「まぁ、なんというタイミングかしら！　すぐにイーサン様とお話しできる？　いいえ、わたしから出向くわ」

ティアナはさっそくイーサンのもとへ向かい、そこで待っていた役人たちにも今回の派遣の目的を熱心に説いた。

前のめりに説明する王妃に気圧されてか、役人たちはややのけぞりながらもしっかりうなずいてくれる。

「ご安心ください、王妃様。おれたちの半分は平民の出で、もう半分も下級貴族とか騎士の家の人間です。病院とか療養所に家族や親戚が世話になっている人間はわりと多いんですよ」

「外聞が悪かったり好奇の目で見られるのがいやだったり、あとは……戦場で負った傷のことを話題にするなんて、国に対する当てつけかって言われるのがいやで、黙ってる人間が多いんですけどね。本当はもっと、どうにかしたいって思ってる連中は多いんです」

先ほどの侯爵夫人の涙を思い出して、ティアナはしっかりうなずいた。

「皆さんから上げていただいた報告は、わたしがしっかり会議でお話しします。どうかよろしくお願いしますね」

ティアナの言葉に役人たちも笑顔で大きくうなずいた。

こうして役人たちが国中の施設を回っているあいだ、ティアナは貴婦人たちを中心に慈善活動を活性化させる。

貴婦人たちが手がけた衣服を届けたり、包帯や薬を方々からかき集めたり……豪商などの裕福な人々のもとへ足を運んで、寄付をお願いすることもあった。

ほかでもない王妃がみずから動き、国王オーガストもそんな王妃の行いを温かく見守っている。

そんな背景もあり、孤児や病人に情けをかける必要などないと訴えていた人々も、徐々にそう言いづらい雰囲気になっていった。特に会議で反対を口にしていた人々は、ほかならぬ奥方から『高貴なる者の義務』を説かれてなにも言えなくなったらしい。

そういった努力の甲斐あって、一ヶ月後の定例会議では、慈善事業への予算がしっかり組まれることになったのだった。

「――予算が確保できたわ！　役人が報告してくれた改修や修繕が必要な施設にも、人手を回すことができるようになるって。本当によかった……！」

定例会議を終えて王妃の私室に戻ったティアナは、可決した瞬間の喜びを思い出し感極まって泣き出してしまう。

彼女がこの一ヶ月さまざまな活動をしてきたことを知る侍女たちも、涙ながらにティアナに声をかけた。

「本当にお疲れ様でした、王妃様。とてもご立派でしたわ」

ダーナもほっとした様子で声をかける。ティアナはうんうんうなずきながらも、すぐに表情を引き締めた。

「でもこれで終わりではないわ。予算が確保されたからといって孤児はすぐに大人にならないし、病人や怪我人も明日には退院できるというわけではないもの。彼らが快適に過ごせて、自立を望む者にはきちんと仕事が斡旋(あっせん)されるような、そういう仕組みも作っていかなければ」

「――その考えも意気込みもすばらしいものだ、我が妃よ。だが今日ばかりは、予算をもぎ取ったことを素直に喜ぶだけでもいいと思うぞ？」

「まぁ、陛下！」

苦笑交じりに入ってきたのは、同じく定例会議を終えたオーガストだ。ティアナだけ先に帰ってきたのだが、どうやらオーガストのほうもいくつかの確認を終えて戻ってきたらしい。

ティアナはオーガストが両腕を広げているのを見て、思わず彼の胸に飛び込んでしまった。

「陛下のおかげです。陛下が味方を増やしなさいとおっしゃってくださったおかげで、今ではたくさんの方が陛下のお考えに賛同してくださっていますわ」

「わたしの考え？　とんでもない。皆、君に賛同しているのだよ。弱い者を救いたいという君の思いに皆が心を動かされたのだ」

ティアナの銀髪をなでながら、オーガストが低く心地いい声で訂正した。

「現にわたしは足りないものを差し入れる程度の考えしか思いつかなかった。あなたのように大勢に呼びかけ、仲間を作り寄付を募るなんて考えてもいなかったからな」

「寄付に関しては、その、アマンディアにいた頃のことを思い出しただけですから」

フリーデ王女そっくりのティアナを見たさに何人かが寄付をしにやってきたことを思い出して、同じようにできないかと思っただけなのだ。

しかしオーガストにとっては目からうろこの方法だったようだ。「知識を活用できるのはよいことだ」とティアナを賞賛した。

「わたし……少しは陛下のお役に立つことができましたか?」

弱い人々を救いたいという思いは、もちろんティアナの内側から湧き出る心からの願いだ。

だが同じくらい、愛する彼の役に立ちたいという思いも強かった。

王妃として彼にふさわしい働きをしたいと思っていたからこそ、睡眠不足に陥っても日々あちこちを飛び回り、踏ん張ることができたのだと思う。

遠慮して上目遣いにちらっと見上げると、オーガストは「なにを今さら」とでも言いたげな、あきれと愛しさが入り交じった笑顔を浮かべていた。

「少しどころか、わたしはもうあなたなしでは生きていけないほど、あなたにたくさん助けられたよ」

「そんな……」

「本当だ。——ありがとう、我が愛しの妃よ。あなたがわたしの王妃でいてくれて、本当によかった」

まっすぐ向けられた言葉に、ティアナは喜びと安堵を感じてほーっと長く息を吐く。

そうするとどうしたことか。膝から力が抜けてしまって、あわやその場に座り込みそうになってしまった。

「おっと。大丈夫か?」

無様に座り込まずに済んだのは、すんでのところでオーガストが抱き留めてくれたからだ。

「だ、大丈夫です。すみません……安心したら力が抜けてしまって」

真っ赤になったティアナはなんとか立ち上がろうとする。それなのに足腰にまるで力が入らない。どうしようもなくあわあわする彼女を見て、オーガストが声を上げて笑った。

「本当に……あなたのそういうところは可愛らしくてたまらない。いや、子供たちに天使のように接するところも、会議で物怖(ものお)じせず発言するところも、全部が全部愛おしくてどうしようもないな。あなたはわたしの心をこれ以上ないほど満たしてくれる」

「きゃっ」

ひとしきり笑ったオーガストに横抱きに抱え上げられて、ティアナはあわてて彼の首筋にしがみついた。

いつの間にか侍女たちの姿は消えている。オーガストはみずから扉を開けて王妃の寝室に入ると、彼女をそっと褥に降ろした。そのまま口づけられて、ティアナはぴくんっと細い肩を跳ね上げる。

「あ……陛下……」

「この一ヶ月、あなたは王妃として本当によくやってくれた。寝る暇もないほど忙しくしていたのを知っているから、わたしも自重してきたが……」

さすがにもう待てないと言う代わりに、オーガストはティアナの後頭部に手を回して銀細工の髪飾りをそっと外した。

柔らかな銀の髪が枕の上にふわりと広がり、ティアナは目元を赤らめる。

ティアナの鼻先や顎、頬に口づけながら、オーガストは器用に彼女のドレスを脱がしていった。

「この頃はお互いの寝る時間も違ってしまって、寝台も別になることが多かったからな。あなたの肌に実はかなり飢えているんだ」

「んっ……」

首筋をくちびるでたどりながら言われて、ティアナの全身が甘い予感にぶるりと震える。

ドレスだけでなくコルセットなどの下着もすべて外され、ティアナはしどけない姿でオーガストをしみじみ見上げる。オーガストも勢いよく衣服を脱ぎ、お互い生まれたままの姿でぎゅっと抱き合った。

「ああ……」

薄い皮膚ごしに彼の体温を感じて、ティアナのくちびるから思わず吐息が漏れる。抱きしめられてはじめて、ティアナも彼のぬくもりに飢えていたことを思い知らされた。

「わたしも……本当は少し、さみしかったです」

この一ヶ月の忙しさは自分がやると決めたことの結果だった。だからこそ、こんなことを口にしてはいけないと思っていたが……。

（やっぱり……さみしかったわ。オーガスト様と顔を合わせることができても、長くお話しできなかったり。こうして抱き合うことができなかったことは……）

それだけに、ついティアナも彼の首筋に腕を回してぎゅっと抱きついてしまう。

「ならばもう我慢する必要はないな」

オーガストは小さく笑って、ティアナのくちびるにみずからのくちびるを重ねてくる。ティアナはそっとくちびるを開いて、彼の舌を迎え入れた。

大きな手に乳房を揉まれて、太い指で背のくぼんだところをたどられて、身体はどんどん熱く敏感になっていく。

「あ……は……、へいか……、んぅ……っ」

膣壁に指を入れられ、感じやすい花芯の裏を優しくこすり上げられる。

湧き上がる快感のあまり腰がふるふると震えて、ティアナは熱いため息を漏らした。

「少し動かしただけで、蜜が……すごいな。あなたも飢えていたのかな」

いつもなら恥ずかしいと抗議するせりふにも、素直にうなずいてしまう。おかげでオーガストはより我慢が利かなくなったようだ。

指をゆっくり引き抜くと、ティアナの足を大きく開かせてくる。物欲しげにひくつく蜜口に丸い先端が押し当てられて、ずぶっと押し入ってきた。

「あぁあああ――……ッ！」

ティアナは思わず悲鳴のような声を上げてしまう。

彼が入ってきた瞬間、熱い奔流がぶわっと背筋を伝ってきて、危うく達してしまいそうになった。

そのままぐちゅぐちゅという水音とともに抽送されて、ティアナは動きに合わせて「あ、
あ……」と切れ切れの声を漏らす。

「ああ、あなたの中は、なんと心地いいのか……」

オーガストもわずかに息を吐いて、ティアナの腰をより引き寄せる。

抽送のたびにぶつかる部分からぱんぱんと乾いた音まで響いてきて、ティアナは恥ずか
しさと興奮にうっすら涙ぐんだ。

「オーガスト、さまぁ……ああっ、きゃぁあう……っ！」

身をかがめたオーガストが乳首に吸いついてくる。

抽送されながらきつく乳首を吸われるとより下腹の奥に快感が響いて、ティアナはたま
らずすすり泣いた。

「はぁっ……、そんなに締めつけてくるな……」

「わ、わからな……っ、あっ、ああぁあん、あああっ……！」

身体がこれ以上ないほど熱くなり、早くも息が上がってくる。ティアナは緩く首を振っ

て、湧き上がる快感に身を震わせた。

「あ、あっ、も……もう……っ、あぁあ、やぁああ……っ」

募った快感がはじけそうな予感がして、ティアナは枕をきつく摑んでぎゅっと目をつむる。

オーガストがティアナの胸から顔を上げて、今度はくちびるに吸いついてきた。

彼の舌に舌を絡められた途端、高まった愉悦がとうとう決壊する。

「んぅうう――ッ……‼」

ティアナの身体がびくびくっと激しく震え、一拍おいてどっと汗が噴き出した。

あまりの気持ちよさに意識まで飛びかけるが、オーガストがそれまで以上に激しく肉棒を抽送してきたので、強制的に行為に引き戻される。

「……あっ、あぁっ、ひあぁあぁ……！」

「はぁ、フリーデ……うっ……！」

「きゃあう！」

腰をやや乱暴にぶつけられて、ティアナは背をびくんっと反らせて震えてしまう。

下腹部の奥にどくどくと熱い精が注がれる感覚が伝わってくる。興奮のためか、蜜壺がきゅうっとうごめくのが自分でもはっきりわかった。

「……っ……、そんなに搾り取ろうとしてくれるな……」

「はっ、はぁ、はぁ……っ」

答えたくても息が上がってなにも言えない。かろうじて緩く首を振ると、今度は腰に腕を回されぐいっと引き起こされてしまった。

「あぁあう！」

つながったまま向かい合わせに座るような格好になって、肉棒がそれまで以上にずぐんっと奥まで入ってくる。

達したばかりで敏感になっている中、奥をぐっと突き上げられて、ティアナは悲鳴を上げてしまった。

「だ、だめ……ああっ、奥ぅ……っ」

「感じすぎるから、か？」

「ひぁあああっ！」

ぐちゅんっと真下から突き上げられて、ティアナは甲高い声を上げた。

「あ、あ、あ……」

「ほら、気をやっている場合じゃないぞ」

「あうっ、きゃ、あ、あぁあ、あああっ……！」

立て続けにぐちゅぐちゅと水音が立つほど突き上げられて、ティアナは感じすぎて目がちかちかする思いだ。

オーガストの指が柔らかな臀部に食い込むのも、彼の吐息が胸元をくすぐるのにも感じてしまう。

「やっ、あ、あぁ、あぁあぁあ、いい……っ」

その中にも感じる愉悦があまりに心地よくて、つい本音が漏れてしまう。オーガストが愉（たの）しげににやりとするのが感じ取れた。

「ああ、わたしも最高だ。あなたの中は……やみつきになる……！」

「はぁあああぁあぁああ……ッ‼」

また強い絶頂の波が襲ってきて、ティアナは耐えきれずがくがくと激しく震えてしまう。だがオーガストはまだ足りないとばかりにティアナの膣奥を突き上げ、唾液に濡れたくちびるをむさぼった。

一ヶ月に渡るティアナの忙しさは、彼の理性を押しやるには充分すぎる我慢の時間だったようだ。

そのうち再び彼の精が奥に放たれる気配がして、ティアナは恍惚（こうこつ）のあまりくちびるを大きく震わせてしまう。

その後も横にされたり、また起こされたり、うつ伏せにされたりと、オーガストが望むままにティアナは深くつながり続けた。

最後にはどこまでが自分の身体かわからなくなるほど熱く蕩かされてしまい、ティアナは、心身ともに深く満たされた状態で、久々のゆっくりとした眠りに落ちていくのだった。

第六章　暴かれる正体

身も心も満たされたはいいが、この一ヶ月の……いや、嫁いでから徐々に蓄積されてきた疲れが出たのだろう。ティアナは翌日、軽い熱を出して寝込んでしまった。

医師からは過労だと診断され、三日ほどのんびりするように言い渡される。しょんぼりするティアナの脇で、老齢の医師はオーガストのことを叱り飛ばしていた。

「武人に引けを取らないご自分の体力に王妃様をつきあわせるなど言語道断ですぞ、陛下。王妃様を大切に思えばこそ、今後は自重してくださいませ」

「……努力する」

仏頂面で顎を引くオーガストがおもしろくて、ティアナは毛布に鼻先まで埋めながらくすくすと笑いを漏らしてしまった。

幸い熱は二日ほどで引いたので、三日目は寝台に起き上がって編み物をしたり本を読んだりしてのんびり過ごした。

驚いたのは山積みになるほどの見舞いの品が届いたことだ。どこから聞きつけたのか、果物やらお菓子やらカードやら、貴族のみならず多くの人間からどんどん送られ、居間の一画を埋め尽くす有様だった。

「それだけあなたが多くの人間に慕われているという証拠だな」

夜になって王妃の部屋を訪れたオーガストは、今にも崩れそうな贈り物の山を見て豪快に笑った。

「笑い事ではありません。お返しをどうしましょう」

「そんなもの、早く元気になって笑顔で出て行けばいいだけのことだ」

思い悩むティアナを抱き寄せながら、オーガストは軽い調子で肩をすくめた。

「それよりいい報せだ。二週間後にアマンディア国王がここを訪問されることになった。国境近くにある離宮に立ち寄るついでに、こちらに足を運んでくださるそうだ」

「アマンディアの国王陛下……い、いえ。お父様が？」

あわてて言い直したティアナに、オーガストは「ああ」とうなずく。そして懐から手紙を取り出した。

「これがあなた宛に届いたアマンディア王の手紙だ。封が開いているのは許せ。王城に届く手紙はすべて検閲が入るのだ」

ティアナは複雑な思いで手紙を受け取る。

そういえばこちらに嫁いでから、アマンディアに宛てて手紙などはいっさい書いていなかった。ティアナ自身はアマンディアの王族に情はないが、フリーデのフリをしている以上、手紙くらい書いておくべきだったか。

普段は意識の外に置いている『フリーデの身代わりである』という事実がずんっとのしかかり、たちまち表情が曇ってしまう。

オーガストが「どうした?」と声をかけてきて、ティアナはあわてて笑顔を作った。

「いいえ。あの、お手紙を届けてくださってありがとうございます、オーガスト様」

「うむ。アマンディア国王からわたしに宛てた手紙にも、久々に娘に会えることへの喜びがしたためてあった。あなたも当日はうんとおしゃれをしてお父上に目通りするといい。ひとまずゆっくり休んで元気にならなくてはな」

にっこり笑うオーガストに対し、ティアナはほほ笑んでうなずくに留めた。

オーガストは様子見ついでに手紙を届けにきただけらしい。ティアナのくちびるにキスするとすぐに立ち上がった。

「今夜もわたしは自室の寝台で休もう。同じ寝台で眠っては、医師の言葉を忘れて襲いかかってしまうからな」

夕食も先に食べていていいからと言われる。片手を上げて退室していくオーガストを、ティアナは寝台から見送った。

その夜。ティアナはダーナを残して、ほかの侍女たちを下がらせた。

そしてようやく、寝台脇の小机にしまっていたアマンディア国王からの手紙を広げる。

オーガストの言っていた通り、手紙には嫁いだ娘に対する父親の温かな言葉が書き連ねてあった。

『便りがないのは無事な証拠とわかっているが、嫁いで四ヶ月ものあいだまるで音沙汰がないので、少々心配になっている。当日は元気な顔を見られることを祈っている』

無骨な文字でしたためられた手紙から顔を上げて、ティアナはふーっと息を吐いた。

「どうしましょう、ダーナ。嫁ぐときは分厚いヴェールを被っていたからなんとかやり過ごせたけれど。さすがに顔がしっかり見える状態でお話ししたら、アマンディアの国王様はわたしが娘ではないとわかってしまうわよね……？」

「そうですねぇ……。確かに困ったことになりましたが……」

困ったと言いつつ、ダーナの視線はちらちらと便箋のほうに向けられている。ティアナは首をかしげた。

「なにか気になることでも書いてあったかしら？　わたしは普通のお手紙として読んでしまったけれど……」

「ああ、いえ。ごく普通のお手紙に間違いありません。ですが、ここ……『離宮に立ち寄ってからユールベスタス王城に向かう』と書いてありますでしょう？」

「ええ、オーガスト様もおっしゃっていたわ。国境付近にある離宮に立ち寄るついでに、こちらに足を伸ばすのだと」

するとなぜかダーナは神妙な顔つきになり、口元に手を当ててブツブツとなにやら言いはじめる。

「もしアマンディアの国王陛下が、あの離宮に足を運ぶとしたら……それは……」

「ダーナ？　どうしたの？」

異様な雰囲気を前にティアナはとまどってしまう。ダーナははっと顔を上げた。

「あ、ああ、失礼いたしました」

「いったいどうしたの？　なにか不安なことでも……？」

「いいえ、ちょっとした考え事でございます。ええ、ちょっとした……」

ダーナの声がまた沈みかける。

出会ってからまだ半年程度だが、なにくれとなく世話を焼いてくれるダーナのことを、ティアナは侍女というより本物の祖母のように感じていた。

そんな彼女がこれほど思い悩むのを見るのははじめてだけに、否応なく心配になってしまう。

「大丈夫よダーナ。なんとか上手くやってみるから。アマンディアの国王様と二人きりにならないようにしたり、オーガスト様と一緒にお目にかかったり……きっと手はあるもの。フリーデ様のフリをまっとうすると誓った以上、しっかりやるから」

自分を奮い立たせるためにもティアナは笑顔で請け負う。ダーナはそんなティアナをまぶしそうに見つめ、何度もうなずいた。

（ここまで王妃としてがんばってこられたのだもの。きっと大丈夫。それに身代わりがバレてしまったらわたしだけでなく、ダーナやフリーデ様にも害が及ぶかもしれない）

それだけは避けなければ。ティアナは左手にはまる二つの指輪を右手で覆って、覚悟を決めるのだった。

アマンディアの国王が訪問するということで、王城では大規模な清掃と食事の用意が行われた。

ティアナはそれらを監督しつつ、当日のドレス選びや歓迎の式の進行などを、女官長をはじめとする多くの人々と進めていく。

一方でどんどん上がってくる慈善施設に関しての報告も精査し、人手や物資が足りない場所に必要なものを送っていった。城下町の孤児院も再び訪問して、貴婦人たちが作った帽子などを手ずから渡しに行った。

オーガストも忙しそうにしていたが、夜は必ず王妃の寝室を訪れ甘い時間を持ってくれた。

彼と身体を重ねるのはもちろん、裸のままその日のことを話すのも楽しくて、とても癒やされる時間となっていた。

そうして、アマンディア国王が訪問する三日前となった早朝。

オーガストは困惑と苦渋が入り交じった表情で、ティアナに「出かけてくる」と告げてきた。

「まぁ、いったいどちらへ？」

これから朝食なのに……と驚くティアナに、オーガストは難しい顔で告げた。

「旧タータス公国領のアドバロという街だ。そこで今夜、大規模な奴隷市場が立つとの情報を得た」

ティアナは大きく息を呑む。

人身売買の撲滅もオーガストの国王としての大きな目標だ。だが、よりによってことが行われるのがアマンディア国王の訪問も迫る今夜とは。

「おそらくアマンディア国王の歓迎のため王城が浮き足立っている今を狙って、あえて開催するのだろう。今なら警備の兵もアマンディアとの国境に向かわせているから、北は監視が緩いと思ったのだろうな」

夜のうちに知らせを受けたオーガストは、直ちに北一帯の国境の封鎖を命じ、様子見の部隊も向かせたとのことだった。

迅速な対応からは、不法な商売に手を染めていた者たちを一網打尽にするというオーガストの気概を強く感じて、ティアナはしっかりうなずいた。

「わかりました。気をつけて行ってきてください」

「すまないな、王城も忙しい時期にこんなことになってしまって」

オーガストは心からすまなそうに、ティアナの手を取って指先に口づける。

「どんなに遅くても明後日の昼には帰ろうと思う。翌日アマンディア国王が到着することを考えるとその時間がギリギリだろう。それを過ぎても帰らなければ……すまないが、あなた一人でお父上を迎えてもらうことになる」

「大丈夫です。心配なさらないで。さ、どうかお急ぎください」

オーガストは「行ってくる」とうなずいて、すぐに部屋を出て行った。

「まさか陛下が前日まで不在とは……」

「ええ、大変なことだわ。でも奴隷を連れて歩くひとたちを野放しにはできないもの」

ティアナは不安そうに眉を寄せるダーナというより、みずからに言い聞かせるようにつぶやいた。

（大丈夫。オーガスト様ならきっと悪い商人たちを捕まえて、明後日には帰ってきてくださるわ。きっと大丈夫……）

だがそわそわした気持ちを完全に抑え込むことはできず、ティアナは何度も左手にはまった二つの指輪をなでるのだった。

＊　＊　＊

ティアナだけでなくオーガストも多少の不安を抱えていた。

これから行う捕り物が心配なのではない。むしろそちらに関してはようやく引っ捕らえることができるという高揚感のあまり、口角が勝手ににやりと上がってしまうくらいだ。

問題はその時期が悪いということにある。よりによって国賓が訪れる三日前に、人身売買の極みとも言える奴隷市を開こうとは。

（王都から北に離れた地方なら目が届かないと思ったか？　残念だったな。今この国の地方には優秀な役人が何人も派遣されているのだ）

その役人とは、慈善施設を見回るためにイーサンが選んだ者たちだ。彼らは表向き王妃の意を汲み病院や孤児院を回ることになっていたが、裏ではオーガストから『人身売買の臭いを嗅ぎつけたら都度報告しろ』との命令も受けていた。

イーサンが厳選しただけあり、彼らの仕事ぶりは優秀だ。フリーデに施設の調査結果を伝えながら、オーガストにもしっかり報告を上げていた。

そしてそのうちの一人が奴隷市が開かれることを伝えてきたのだ。

（取り締まりと監視が厳しくなったことを察して、逃亡資金を稼ごうとしているのだろうが、そうはいくか。今夜でケリをつけてやる）

すべての商人を捕らえられるとは思えないが、全体の八割を捕まえられればほぼこちらの勝利だ。

（長い戦いで荒れた国を、これ以上荒れさせてたまるものか）

オーガストは義憤に燃えていた。

一方で王城に置いていくことになったフリーデのことは心配だった。

（慈善活動の件ですっかり一目置かれる存在になったとは言え、一部の人間からは反感を買ってしまったからな……）

特にフリーデが定例会議で意見した際、それはイーサンの入れ知恵だろうと笑った何人かは、予算案が通ったときにあからさまに渋い顔をしていた。

彼らは旧ベスタ公国の出身だ。かの国は古くから男尊女卑の考えが根深く、今もあの地方では女性の権利がほとんど保証されていない。国が変わり法律が変わっても、人心に根付いた価値観はそうそう払拭できるものではないのだ。

それだけに今回の歓迎会でも、彼らが王妃をおとしめるようなことを言ったり、やろうとしていることを阻害しないかが心配だった。

（……いや、悪い方向に考えるのはやめよう。今やフリーデには味方と呼べる人間も大勢

ついている。女官長もイーサンも、リックもいるのだ。主だった貴族の奥方たちも）

彼らが築いていた絆を信じよう。

そう思ったとき、先を行く騎士が「そろそろパエ川が見えてきます！」と叫んだ。

オーガストは伏せていた目を上げ前方を見やる。

彼はもちろん付き従う二十人の騎士たちも、己の愛馬を全力で走らせている最中だ。

本来なら奴隷市が開かれるアドバロまでは馬でも丸一日かかる。そこを半日で到着しようというから、かなりの強行軍だった。

「パエ川を越えたら十五分の休憩を取る。馬に水を飲ませるように。そこから昼まで休まず走るぞ！」

「はいっ！」

精鋭の騎士たちも大きく返事をする。何頭かの馬もヒヒンと律儀に声を上げた。

こうして一行は必死に馬を走らせて、日が落ちる寸前に会場となるアドバロの街へ近づくことができた。


奴隷市は街の広場で大々的に行われていた。売り出す奴隷の数が多すぎて隠れてコソコソ行うことができなかったのだろう。不穏な気配を感じて住民たちはすでに避難しており、家にはほとんど明かりが灯っていなかった。

その代わりあちこちにたいまつが掲げられている。独特の油の匂いが立ちこめる中、商人のダミ声と奴隷たちの悲愴な泣き声が広場にこだましていた。

「さぁさぁ、こっちの娘はまだ十六歳！　もちろん生娘だよ！　見ろ、この器量を！」

「こっちは元騎士だ！　戦争のせいで片目が潰れちまったが腕っ節はかなりのもんだぞ！用心棒にもどうかね⁉」

用意されたステージに奴隷がどんどん上がっていく。国王とも騎士ともほど遠いやや薄汚れた服をきたオーガストは、その様子を見て思わず口をへの字に曲げた。

「なんとも見下げ果てたものだな。——首尾はどうだ」

「はっ。いつでも行けます」

「では、さっさとはじめよう」

競りに参加する人々に紛れていたオーガストはたいまつのそばに寄ると、胸元から出したこぶし大のなにかを火に近づける。

小さな導火線に火がついた瞬間、彼はそれを空高く投げた。

ひゅうっと風を切る音が響いたと思ったら、それはパァンッ！　と大きな音を立ててはじけ飛ぶ。

それを合図にあちこちに潜んでいた騎士たちが剣を手にわっと走り出て、会場はたちまち騒然となった。

「ユールベスタス国王オーガストの名において、この場にいる商人と参加者を全員引っ捕らえる！　抵抗する者には容赦するな！　かかれ――！」

ステージに躍り出たオーガストが声を張り上げると、騎士たちから「おおおお――ッ！」と大声が上がる。

商人たちは「国王だと⁉」と口々に叫び泡を食って逃げようとした。騎士たちは容赦なく逃亡者を斬っていく。

小一時間も混乱が続いただろうか。あらかたの商人は捕らえられ、縄を打たれた状態で罪人用の馬車に放り込まれた。

何人かが運良く逃げおおせたらしいが、オーガストは騎士たちに「次の街までは追いかけろ。それ以上の深追いはしなくていい」と冷静に指示を出す。

そして別部隊の騎士が保護に回っていた、奴隷たちの様子を見に行った。

奴隷たちは街外れの一角に保護されていた。ひどい扱いを受けていた者も多く、医師が一人一人を回って手当てをしている。奥では炊き出しもはじまっていた。

「このあたりは夏と言えど夜は冷える。持ってきた荷物に毛布はなかったか？　なければもっと火を焚いてやれ」

「はっ、御意に」

騎士たちがてきぱきと動く中、一人の騎士が困った様子で「陛下」と声をかけてきた。

「どうした？」

「ここではちょっと……すみません、あちらに」

オーガストは怪訝に思いながら、騎士に連れられ納屋のような建物に入る。

そこには二、三人の騎士がいた。彼らの足下では奴隷とおぼしき一人の少女がうずくまり、大声で泣きわめいている。

「捕り物のショックで混乱しているのか？　だとしたらわたしではなく医師を呼ぶべきでは――」

「いいえ、それが陛下、この奴隷の顔が……」

騎士が言いかけたときだ。それまで身も世もなく泣きじゃくっていた奴隷が「陛下……？」とつぶやいて顔を上げた。

窓から入るたいまつの明かりにその少女の顔が照らされる。オーガストは思わずひっくり返った声を上げてしまった。

「フリーデ⁉　なぜこんなところにいるんだ……！」

仰天するあまり大きな声が出て、騎士たちが「陛下、しーっ」と人差し指を口に当てながら注意してくる。

オーガストはあわてて口を手で覆うが、驚きは覚めやらない。

薄汚い麻の衣服を纏い、髪も肌も荒れ果てていたが――その娘は本当に彼の妃そっくりだったのだ。

そしてフリーデそっくりの奴隷は、転げるように彼にしがみついてきた。

「フリーデの顔をご存じということは、ユールベスタスのオーガスト陛下で間違いないですよね……!? お願いです、助けてください！ あのひとのことをどうか助けて……！ そうでなければ、わたくし、わたくし……っ！」

わああああっ！ とまた座り込んで泣き出した娘を前に、オーガストは騎士たちとつい目を見合わせてしまう。

とにかく娘を落ち着かせて子細を聞き出さねば。

オーガストは食事と衣服の用意を騎士たちに命じ、自身はその場に膝を突いて、妃そっくりの娘の背中をよしよしとなでるのだった。

＊　＊　＊

オーガストの無事が気になるせいか、その日のティアナはなかなか寝つけなかった。

翌朝になっても落ち着かない気持ちは続いていて、ティアナは朝食を終えるとすぐに国王の執務室へ向かった。

側近のリックにオーガストからの連絡はないか尋ねるが、今のところなにもないとのことだ。

「陛下なら大丈夫ですよ。荒っぽいことはお若い頃から慣れておいでです。それに事が為されたのが昨夜なら、きっと事後処理でお忙しいことでしょう。今頃ようやく城に報告するための鳩を飛ばそうとしているところではないでしょうか？」

きっとリックの言うとおりだろう。

そうわかっていても気が急くのはオーガストが心配だからか……明後日に訪れるアマンディア国王との対面が怖いからだろうか？

ティアナは泰然と構えることができない自分にため息をついてしまった。

「ごめんなさい、王妃としてみっともないとはわかっているのだけど」

「誰もそんなこと思いませんよ。それに陛下は喜ぶと思いますよ？　いつもしっかりされている王妃様が、なにも手に着かなくなるくらい自分を心配してくれていたなんて。夫冥利に尽きるではありませんか」

輿入れのときからティアナにうやうやしく接してくれたリックは、今も変わらずこちらの心が軽くなることを言ってくれる。

ありがたいことだとティアナは小さくほほ笑んだ。

「そうね……。わたし、聖堂に行って少し祈ってくるわ。午前の公務まで少し時間があるから」

「それがよろしいかと」

王妃の私室に戻ったティアナは、ダーナをお供に王城の敷地内にある聖堂に足を運んだ。結婚式を行った大聖堂は王都の西のほうにあるので気軽に行けないが、こちらの聖堂ならいつでも利用できるのだ。

「ダーナは入り口にいて、誰かがきたら知らせてくれる？　お祈りを切り上げるから」

「かしこまりました」

ティアナは一人で聖堂に足を踏み入れる。

ひんやりとした冷たい空気が身体をシャキッとさせてくれるようだ。国が違っても、聖堂が持つ静謐な空気は違わないのだなとしみじみ思いながら、ティアナは祭壇の前に両膝をつき、手を組んで静かに祈る。

執務をはじめるまでのほんのひとときのつもりだったが、いざ祈りはじめると信じられないほど没頭してしまった。

そんなティアナがはっと我に返ったのは、聖堂の入り口がなにやらさわがしいと気づいたからだ。

なんだろうと不安になった瞬間、扉は左右に大きく開け放たれた。

扉の真ん中に立っていたのは、定例会議でティアナの意見をイーサンの入れ知恵と断じた、あの古参の大臣だった。

彼は憎々しい目でティアナを見るなり、声を張り上げた。

「いたぞ！　兵よ、あの女を捕らえよ！」

彼の左右から、槍を手にした衛兵が聖堂になだれ込んでくる。ティアナは悲鳴を上げて祭壇にしがみついた。

「い、いきなりなんですか……!?　どうしてわたしを捕まえようとするの!?」

「王妃様のおっしゃるとおりです！　いったいなにを……！　きゃあ！」

「ダーナ！」

ティアナは悲鳴を上げる。こちらに走り寄ろうとしたダーナが、衛兵に取り押さえられ、床に引き倒されたのだ。

あわてて駆け寄ろうとするが、ティアナもまた衛兵に押さえ込まれてしまう。

「なにをするの！　大臣、これはいったいどういうことですか……！」

「黙れ！　王妃の偽物の分際で。おまえがアマンディアのフリーデ王女でないことは、もうわかっているのだぞ！」

ティアナは大きく息を呑む。その顔がみるみる青ざめるのを見て、大臣はしてやったりと言いたげににやりと笑った。

「さぁ衛兵よ、その女を塔へぶち込んでおけ！」

しかし衛兵たちは「と、塔ですか？」と困惑の声を漏らす。

大臣は忌々しそうに舌打ちした。

「王妃を騙る不届き者だぞ！　しかるべき場所に捕らえておかねば。さっさと行け！」

衛兵たちはしぶしぶという様子でティアナを引っぱっていく。

聖堂から連れ出されると、騒ぎを聞きつけてか女官長やリックが血相を変えて走ってきた。

「大臣、どういうことですか⁉　なぜ王妃様をそのような目に……！」

「こやつは王妃ではないのだ、リック殿。まぎれもない国王陛下からこの者を収監せよとの先触れが届いた。本物の王妃が見つかったからとな！」

「はっ⁉　それはどういうことですか！　わたしはなにも聞いていない……！」

リックがめずらしく憤慨して、衛兵に「王妃様を離せ！」と突っかかっていく。だが武装した衛兵に丸腰の彼が敵うはずもなく、やがてリックは地面に転がされた。

「ど、どういうことです、本物の王妃様が見つかったというのは……」

いつもしっかりしている女官長も、これ以上ないほどおろおろしている。

ティアナ自身も混乱していたが、確実にわかるのは――オーガストが、ティアナがフリーデの偽物であると気づいたということだ。

いったいどうやってそれを知ったかはわからない。

いや、知った方法などどうでもいい。それよりも彼がティアナを収監しろと命じた事実に、彼女は胸が張り裂けそうになっていた。

（オーガスト様は正義感が強い方だから、きっとフリーデ様を騙っていたわたしを許せないのだわ）

かわいさ余って憎さ百倍といったところだろうか。

彼と愛し合った日々がガラガラ崩れていく気がして、ティアナはあふれそうになる涙を必死にこらえていた。

（泣くな、ティアナ。自業自得じゃない。彼を騙して嫁いできた罰が当たったんだわ）

ティアナは鼻を強くすすって、しっかり顔を上げた。

「塔でもどこでも連れて行ってください。でもダーナやリックをこれ以上傷つけないで。悪いのはわたし一人です。そうでしょう？」

「ふんっ、偽物ごときが偉そうに」

大臣は汚いものを見るような目でティアナを見て、衛兵たちを顎でしゃくった。

引っぱられていくティアナを見て、ダーナが懸命に追いすがろうとしてくる。

「お待ちなさい！　その方はそんなふうに扱っていい方ではありません……！」

最後まで自分を案じてくれるダーナの姿に、ティアナは我慢していた涙がまたあふれそうになった。

（ごめんなさい、ダーナ。フリーデ様を演じられるのはここまでみたい）

せめて、この青空の下のどこかにいるフリーデには自由に生きてほしい。

自分のぶんまで愛するひとと幸せになってほしいと思いながら、ティアナはなすすべもなく引きずられていくのだった。

大臣が言っていた『塔』とは、王城の北に位置する牢獄の一つを指していた。

王都の罪人は王城の地下や半地下の牢に入れられるらしいが、王侯貴族はその上に連なる塔に収監されるようだ。

塔の丸みに沿って作られた階段を上がり、鉄格子で囲まれた部屋にティアナは入れられる。

高い場所に明かり取りの細い窓があるが、昼間でもジメジメして薄暗い。寝台と排泄用の壺、小さな机と椅子が置かれているが、それだけでいっぱいになるほど小さな部屋だった。

藁が飛び出している寝台に腰かけて、ティアナはふーっと息を吐く。

こんな場所に収監を命じるくらいだ。オーガストはきっと、自分を騙していたティアナに激怒しているに違いない。帰ってきたらすぐにティアナを縛り首にするのかも……。

「愛って、壊れるときは一瞬なのね」

それなのに自分は、オーガストのことが変わらず大好きだ。

収監されたつらさより、彼を騙していた罪悪感のほうがずっと大きい。処刑を言い渡されるときに、せめて謝ることができたらいいのだけど。

「でも、愛していると伝えることはできないかしらね……」

言ったところで、もっと怒られそうだ。ずっと騙していたくせにと。

そのことを想像するだけで涙がぽろぽろと出てくる。殺されるかもしれないことより、彼からの愛を失うことのほうがずっとずっと恐ろしく悲しいことに思えた。

「オーガスト様……」

それでも会いたいと思うのだから、恋心とは本当にままならない。

ティアナは人目がないのをいいことに、しばらく声を上げて涙を流していた。

どれくらいの時間が経っただろう。いつの間にかティアナは寝台に突っ伏して眠っていたようだ。

目を覚ましたのは、誰かが階段を上がってくる音が聞こえたからだ。

一人ではない。複数の足音が響いてくる。

震え上がったティアナは真っ青な顔で、鉄格子がはまる扉を振り返った。

「――フリーデ、無事か⁉」

ほどなく、鉄格子に体当たりする勢いで駆けつけたのは、全身汗だくになったオーガストだった。

「オ、オーガスト様……⁉」

目を丸くするティアナを見て、オーガストはあからさまにほっとした様子だ。ぜいぜいと肩で呼吸を整え、前髪を片手で掻き上げる。

「くそっ、誰だ、わたしの愛する女をこんな場所に閉じ込めた馬鹿は。――おい、さっさと鍵を持ってこい！」

後半のせりふは階段の下に向けて叫ばれる。

少し遅れて、二人の衛兵がはぁはぁ言いながら階段を上がってきた。

「遅い！　さっさと鍵を寄越せ！」

「はっ、はいぃぃ……！」

オーガストの怒声にすっかり腰が引けている様子で、衛兵は鍵の束を差し出す。

オーガストはすぐさまひったくると、三つある鍵を順に開けて部屋に飛び込んできた。

そして立ちすくむティアナをぎゅっと抱きしめる。

「すまない、駆けつけるのが遅れて……！　どんなに馬を飛ばしても、この時間にたどり着くのがせいぜいだった。本当にすまない」

　これまでと同じように顔中にキスされて、ティアナは目を白黒させると同時にどうしようもなく安心して、へろへろと座り込んでしまう。

　安堵の涙をぽろぽろと流しながら、彼女はオーガストの背にぎゅっとしがみついた。

「オ、オーガスト、さまぁ……っ」

「ああ、怖かっただろうな。身体がこんなに冷えて……。本当にすまない」

「いいえ、いいえ……！　……でも、あの、わたしを収監せよと命じたのは、オーガスト様ではないのですか……？」

「──はっ⁉　収監だと⁉」

　がばっと顔を上げたオーガストは、ひたいに青筋を立てながら怒鳴った。

「どこの馬鹿がそんなことを言った！　わたしはあなたを保護しておくようにと命じただけだぞ。どういうことだ⁉」

　オーガストの本気の怒声に、ティアナは思わず小さくなった。

「ああっ、違う、君を責めているわけではないぞ。とにかく……こんなところはさっさと出よう。辛気くさいにもほどがある」

　そしてオーガストは、ティアナをひょいっと横抱きに抱え上げた。

「オ、オーガスト様、歩けますから大丈夫です！　お疲れでしょうに……っ」

「ネズミの骨があちこちに転がっているような場所を、君に歩かせてたまるものか」

オーガストは頑として譲らず、塔からかなり離れた王妃の私室まで彼女を運んでいった。

王妃の私室では、侍女たちが泣きはらした顔で待っていた。

「王妃様、ご無事でしたか！」

全員がわっと駆け寄ってきて、ティアナはまた驚いてしまう。

（わたしが本物のフリーデ様ではないと、みんな知っているはずよね？）

それなのに、泣くほど心配してくれたなんて……。

「ほこりっぽいところにいたせいか、身体が冷えてしまっている。すぐに風呂に入れてやれ。食事もだ。わたしもそうだが、ひとまず身なりを整えなくては」

オーガストはてきぱきと指示を出し、今一度ティアナをぎゅっと抱きしめると「心配しなくていいからな」と彼女の耳元にささやき、部屋を出て行った。

「さ、王妃様、ドレスがほこりだらけですわ。すぐにお風呂へ。——まったく、陛下がお帰りになってもいないうちから、王妃様を塔に閉じ込めるなんて！　なんて横暴な大臣でしょう」

「でも……あの、聞いていないの？　わたしはその、王妃と呼ばれるような者では……」

「国王陛下が王妃として扱ううちは、あなた様は王妃で間違いありません」

侍女たちはきっぱり言って、ティアナを浴室に案内した。

入浴して汚れを落とし、温かい食事を胃に入れる。

だがリックが「お支度が調いましたか?」と呼びにきたときには、緊張が急激に高まってきて、食べたものをすべて戻してしまいそうなほど気持ち悪くなってきていた。

「謁見の間へ向かいましょう。――大丈夫です。陛下はきっと、あなた様を悪いようにはなさいませんから」

「わたしもともに向かいます」

「わたしたちも!」

最初に名乗り出たのはダーナで、最終的に侍女たち全員が手を上げた。

ダーナはティアナが私室に戻ってきたときに一番長く泣いていたが、今ではその面に決意と覚悟がにじみ出ているような気がする。

それを不思議に思ったが、リックが「では全員で行きましょうか」と声をかけたため尋ねることはできなかった。

謁見の間は一階にあるため、三階の王妃の私室から少し歩いた。

そして歩いているうちに、事情を聞いたのだろうか「自分も行く」「自分も」という感じでついてくる人間が多くなり、最終的に五十人以上を引きつれてティアナは城を歩くことになっていた。

「あの、こんなに大勢で行ってしまってよろしいのでしょうか……?」

「味方は多いほうがいいですから」

リックはそう言って頓着しない。むしろティアナが塔へ連れて行かれるのを止められなかったことを悔いているのか、道中何度も謝られた。

「いえ、もとはと言えばわたしのせいで……」

そう言いかけたときには、もう謁見の間の扉の前にきていた。開け放たれた扉の向こうで、何人かが怒鳴り声を上げているのが聞こえる。

中でも特に聞こえてきたのは、ティアナを収監せよと命じた古参の大臣の声だった。

「王妃が偽物であるとわかった以上、収監するのは当然の措置です！　アマンディアに偽物を掴まされたのですぞ！　今すぐ処刑して首を送り返してもいいくらいです！」

「それはおまえの私情だろうがッ‼　わたしは知らせを受けた王妃が血迷ったことをしないように保護しておけと伝えたはずだが⁉　先触れの手紙をどう読んだら収監になるんだ！」

大臣の声も相当なものだったが、オーガストの怒鳴り声はそれ以上だ。

かつて三国統一に賛成しない者たちを脅しに行くこともあったと笑っていたオーガストだが、実際にこの迫力で迫られたら、誰も彼も我を張ることは恐ろしくてできないだろう。

その証拠に、古参の大臣も明らかにうろたえて腰が引けていた。

「で、ですが、王妃が偽物であることは間違いありません。本物のフリーデ王女を陛下が保護なさったのですから！」

「――フリーデ様を保護されたのですか？」

ティアナは驚きのあまりつい口を開いてしまった。

謁見の間にいた全員の視線がギッとこちらに向けられる。定例会議のときも似たような視線を浴びたが、今はそのときとは比べものにならない敵意を感じた。

しかしオーガストだけはぱっと笑顔になり「よかった、先ほどより顔色がよくなったな」と大股で近寄ってくる。そして当然のようにティアナをぎゅっと抱きしめてきた。

「へ、陛下！　その者は王妃を騙った、どこの馬の骨ともわからぬ娘ですぞ！」

「そうだとしても、わたしは間違いなくここにいる王妃を愛している。事実や事情がどうであれ、今日までにつちかった愛情がこの程度で消えてなくなってたまるものか！」

堂々と言い切ったオーガストに、ティアナは驚いて目を見開いた。

「陛下は……わたしがフリーデ様のフリをしていたことを怒っていないのですか？」

「怒ってはいない。なぜ話してくれなかったのかと、多少心憎くは思うがな」

「それは……」

「わかっているよ。正直に話すことは身の破滅と同じことだ。己の命が危ない、またフリーデ王女にも危険が及ぶと思えば、話せないのは当然のことだ」

なんとも寛大な言葉に、ティアナの瞳は罪悪感と安堵とでうるうると潤んでしまう。

「お話しできずにごめんなさい……」

「言っただろう。怒っていないよ」

ほろほろと泣くティアナを、オーガストは優しく抱きしめる。

愛情に満ちた二人の雰囲気にリックや侍女たちはうんうんとうなずくが、古参の大臣をはじめとする重臣たちは猛烈に反発して見せた。

「陛下がその娘をどれほど寵愛していようと、フリーデ王女を騙った罪は消えません！　今すぐ処刑して、アマンディアに事の真相を質すべきです！」

「――王妃様を処刑するなんてとんでもありません！　出自がどうあれ、王妃様はとてもすばらしい方です！」

重臣たちへの反論は、思いがけないところから出てきた。

ティアナについてきた年若い侍女が、顔を真っ赤にして意見していたのだ。

そしてそれを皮切りに、侍女のみならず衛兵や女官、従僕たちまで我先にと訴えてくる。

「王妃様が役人を派遣してくださったから、わたしの祖父母が暮らす病院には足りなかった薬が届けられることになりました！」

「戦争で夫を亡くして未亡人になったからって救貧院に追いやられていた従姉妹が、役人の斡旋でお針子の仕事に就けるようになったって連絡をくれたんです！」

「孤児院の子供たちも、王妃様の訪問のおかげで笑顔が俄然増えました！」

「王妃様は眠る時間を削ってまで勉強に励んでおいででした！　国王陛下の役に立てる立派な王妃になりたいからと言って……！　わたしたち侍女は毎日それを見てきたんです！」

全員が全員必死の面持ちで訴えてくるから、さしもの重臣たちも気圧された様子だ。

ティアナは彼らの訴えにさらに泣けてきてしまう。

そしてオーガストは楽しげににやりとほほ笑んだ。

「我が王妃はたいそう人気だな。——それに大臣、身代わりの経緯なら説明したではないか。フリーデ王女が恋人と駆け落ちするため、自分そっくりの修道女に入れ替わりを頼んだのだと。王女個人の企み（たくら）であって、アマンディア側は二人が入れ替わったことさえ気づいていないだろうということも」

「だからといってアマンディアになんら追及しないのは……」

「追及するとしてもしないとしても、わたしは彼女以外——そう、ここにいる彼女以外を、妃にしたいとは思わない」

ティアナの肩を抱き、オーガストはきっぱり言った。

「そうだ、我が妃よ。あなたの本当の名前を教えてくれないか？」

「あ……ティアナ、です」

「そうか、ティアナか。……ようやくあなたの名前を呼べたな」

優しくほほ笑みかけられ、胸がいっぱいになったティアナはまた涙を浮かべてしまう。

オーガストが帰ってきてからもう何度泣いたかわからないくらいだ。感極まるあまり声を出すこともできず、ティアナは何度もうなずいた。

「出自などどうでもよくなるくらい、わたしはこのティアナを愛している。今さら彼女以外の妃など考えられないし、彼女とわたしを引き離すというなら——わたしはそれこそ王位を返上して、彼女を攫って逃げるぞ」

「——はっ⁉　な、なにをおっしゃいますか、陛下！」

重臣たちが大きくどよめく。古参の大臣も真っ青になっていたが、オーガストは平然と「本気だ」と言ってのけた。

「そもそもわたしが王位を継いだのは、たまたま三国に関わりがあって初代の国王となった父の、唯一の息子だったからというだけの理由だ。同じような条件の人間はこの場をざっと見渡しても五人はいる。彼らのうち誰かが王になればいいだろう」

「そ、そ、そんなことを軽々しくおっしゃらないでください！　条件はよくても、あなた以上に王の才覚を持つ者など……！」

「いないというなら、おまえたちも知恵を絞って、ティアナを今後も王妃として遇するにはどうするべきかを考えろ」

オーガストは堂々と言い切った。

「それにわたし以上の王がいないと言うなら、ティアナ以上の王妃もいないとは思わないか？　おまえたち重臣にも物怖じせずに意見し、慈善活動に関する予算をもぎ取った娘だぞ。これほどの女傑はそうはいまい」

過剰な言葉にティアナは恐れ多いことだと首を振ったが、ほかでもない入り口に陣取る城仕えの者たちが「そうだ、そうだ！」と大声を上げた。

「王妃様——ティアナ様以上に王妃にふさわしい方はいらっしゃらない！」

「王妃様は賢く努力家であるだけでなく、わたしたちのような下々の者にもお優しい、天使のような方です！」

「それに出自なんてどうにでもなります。どこかの家に養女にでもしてもらえばいいだけの話ですからね」

いやに現実的な案が側近のリックの口から出てきた。使用人たちは「その通りだ！」とすぐに賛同する。

「王妃様のことを養女にしたいおうちなら、たくさんありそう！」

「ラムレット侯爵夫人はどうかしら？　夫人は王妃様の慈善活動に一番に賛同されているわ。予算案が通ったときには涙を流して喜ばれたとか」

「それで言うなら、ノーラ公爵夫人だって王妃様の手腕を高く評価しておいでだぞ」

「アマンディアに領地が近い貴族なんかも悪くないんじゃない？」

使用人たちは重臣たちそっちのけで好き勝手にあれこれ言いはじめる。オーガストが笑いながらたしなめた。

「おまえたち、勝手に盛り上がるな。……どうやら、王妃の人気は我々が考える以上に高いものらしいな？」

さすがの重臣たちもこの意見にはうなずかざるを得なかったようだ。誰も彼もぐうの音も出ないという顔で黙りこくっている。

「とはいえ、アマンディアに連絡する必要はもちろんあるな。保護したフリーデ王女のこともしかり。ティアナをどこに養女に出すにしても――」

「――お言葉ですが、ティアナ様を養女に出す必要はないかと存じます」

それまで黙っていたダーナが、そろりと前に出て口を開く。

オーガストはもちろんティアナも驚いて「どういう意味なの？」と尋ねてしまった。

「その前に……僭越ながら、国王陛下に確認したいことがございます」

「うん？」

オーガストは不思議そうに首をかしげる。

そんな彼を見上げるダーナの瞳は、期待のような恐れのような、なんとも言えない感情の光に満ちているように見えた。

「あさって、こちらを訪れるアマンディアの国王陛下は、離宮に立ち寄ってからおいでになるとのことでした。……なぜ離宮に立ち寄るか、その理由はわかりますか?」

ティアナはアマンディア王からの手紙を読んだときのことを思い出す。

あのときもダーナは、しきりに離宮のことを気にしていた……。

「はっきりわからないが、風のうわさで、離宮にて療養中の王太后殿下が思わしくないことは聞いている。おそらくその見舞いであろうと思うが」

オーガストの答えを聞いたダーナは、祈りの形に手を組み「おお、神よ……!」と感極まった様子でつぶやいた。

「それならば、もうわたし一人の秘密にしておく必要はありません。この場を借りてお伝えさせていただきとうございます。お許しいただけますか?」

「……その秘密とは、ティアナに関わることなのか?」

「その通りでございます」

「ならば聞こう。我が愛しの妃に関することならば」

ティアナの肩を抱くオーガストの手に少し力がこもる。ティアナも無意識にオーガストに寄りそった。

そんな二人をまぶしそうに見つめながら、ダーナはゆっくり口を開いた。

第七章　幸せな結末へ

アマンディア国王が乗る馬車を、ユールベスタスの音楽隊が華やかな曲で出迎えた。

玄関の前に立つオーガストは、馬車から降りてきた壮年の男性を両腕を広げて出迎える。

「アマンディア国王ロクシュ殿。ようこそ我が国においでくださった」

「娘の婚姻に関して取り決めたとき以来だな、オーガスト殿。息災のようでなによりだ」

二人の国王はがっしりと握手を交わし、互いの肩を叩きながら王城へと入っていった。

「ところで我が娘……そなたの王妃フリーデはいずこにおられるのかな？」

「それがお父上を盛大に出迎えるために奔走したせいか、少し体調を崩してしまいまして。晩餐(ばんさん)までには人前に出られるように気力を整えておくとのことでした。……とはいえ、いきなり晩餐での再会というのもなんでしょう。午後の茶の時間に会わせて家族の対面の場を設けております」

「左様か。気を遣わせてしまったようで申し訳ないな」

「とんでもない。……それよりこちらにいらっしゃる前には、我が国との国境近くにある離宮を訪れたそうですね。あのあたりは美しい湖もありとても景観が良いと聞いています。よい骨休めになったでしょうか？」

「うむ、まぁ、な……」

どうやら離宮の話はあまりしたくないらしく、アマンディア王は廊下から見える景色を見るともなく見て言葉を濁した。

オーガストもそれ以上は聞くことなく、特等客室へアマンディア王を案内する。

「それではまたサロンでお目にかかりましょう。我が妃もお父上との再会を楽しみにしておりますので」

アマンディア王ロクシュは重々しくうなずいて、客室の奥へ入っていった。

それから数時間後。南向きのサロンで待つティアナは、すぅはぁと何度か深呼吸をした。

やがて扉の外から男性たちのほがらかな声が聞こえてくる。ティアナは一人がけの椅子から立ち上がり扉のほうを向いた。

「オーガスト陛下と、アマンディア国王ロクシュ陛下のおなりです」

扉を開いた側近のリックが重々しく告げる。二人が入ってくるのに合わせ、ティアナはドレスの裾を持ち上げ片足を引いてお辞儀をした。

「待たせたな、我が妃よ。アマンディア国王陛下をお連れしたぞ」

「久しいな、我が娘よ。……いや、今は一国の王妃となったのだから、かような口は利いてはいかんな」

「ここはプライベートな場ですからかまわないでしょう。――な、ティアナ？」

オーガストの呼びかけに、ティアナは曖昧にほほ笑む。

一方のロクシュはぽかんとした表情になった。

「オーガスト殿？　我が娘をほかの誰かと呼び違えておらぬか？」

「実は間違えていないのです。――フリーデ殿、あなたも出てくるといい」

オーガストが部屋の隅に向かって呼びかける。

そちらを向いたアマンディア国王は、大きく息を呑んだまま固まってしまった。

「フ、フリーデが……二人いる……!?」

使用人の通用口が隠されている袖の影から出てきたのは、やや緊張した面持ちのフリーデだった。

ドレスと髪型こそ違うが、二人はあいかわらず鏡に映したようにそっくりだ。

袖からこちらへ歩み寄ったフリーデは「お久しぶりです、お父様」と、ティアナと同じく片足を引くお辞儀をした。

「い、い、いったい、どういうことだ……！」

さしものアマンディア国王も娘が二人に分かれたような現象を見せられ、平静ではいられなかったらしい。腰を抜かして長椅子に座り込んでしまう。

そっとオーガストをうかがうと、彼はティアナをまっすぐ見つめて無言でうなずいた。

ティアナは左手の中指に嵌めていた銀の指輪を外して、ロクシュの前に差し出す。

「わたしはティアナと申します。赤ん坊の頃にララス修道院に捨てられておりました。そのとき、おくるみにこの指輪が縫い止められていたのです」

アマンディア王ロクシュは何度もティアナとフリーデを見比べていたが、差し出された指輪を見た瞬間、先ほどと同じくらい驚いた様子で口元を覆っていた。

「この指輪……！　これは、わたしがクリスティナに贈った指輪だ……！」

震える指先で指輪を持ち上げ、ためつすがめつ眺めたロクシュは、ごくりと唾を呑み込んだ。

「間違いない、本物だ……。彼女亡きあと、どこを探しても出てこなくて不思議に思っていたものだが……これを持っていたということは……」

ロクシュの視線がティアナに向けられる。そのときオーガストが「出てきていいぞ」と声をかけ、フリーデが出てきたところから、今度はダーナが姿を見せた。

「ダーナ……。これは、わたしがクリスに贈った指輪だ。なぜフリーデそっくりの娘がこれを持っているのか……クリスの乳母でもあったそなたなら説明できるな？」

ダーナは「もちろんでございます」とうなずいた。

「ティアナ様は、まぎれもなくアマンディア王妃クリスティナ様のお子様です。フリーデ様の双子の妹としてお生まれになりました」

ダーナはまるで昨日のことを話すように、はっきりした口調で語った。

「当時、王妃クリスティナ様は義母に当たる王太后様にたいそう嫌われておりました。嫌われるどころの話ではなく、暴力や暴言にさらされることは当たり前。そのせいで心身ともにひどく消耗されておいででした」

アマンディアの王太后――話に聞く彼女はかなり癖の強い人物で、王妃クリスティナはもちろん、息子であるロクシュのことも長きにわたって悩ませてきた存在らしい。

王太后が王妃であった時代、夫であった国王は君主としては無能の一言で、日々賭け事や女遊びに興じ、借金まで抱えた愚か者だったそうだ。

そんな国王を尻目に、国政でその手腕を振るったのが王太后だ。ロクシュが王位に就くまで――いや王位に就いたあとさえ、国王以上の権力を持ち国政を執り行ってきたという。

王太后は民に圧政を敷くことはなかったが、とにかく自分の思い通りにならないとわめきちらすような苛烈な一面を持っており、息子であるロクシュでさえご機嫌取りに必死になっていた。

そんな中、国外からロクシュに嫁いできたのが、王女クリスティナだった。

クリスティナは物静かで争いを好まず、控えめで楚々とした雰囲気の王女だった。

クリスティナのそんな性格は、孫の代になっても自分が辣腕を振るえるように画策する王太后の目には、逆らう力のないお人形のように映ったのだろう。

単身嫁いできたクリスティナを、王太后はこれでもかといびり倒した。クリスティナが懐妊しないうちは出来損ないと罵り、王子が生まれたら即座に二人目を作れと言う。

それでいて王太后は妙に迷信深く、双子や三つ子などが生まれることを過剰に恐れていた。

「双子は不吉の象徴という昔ながらの迷信を、王太后様は強く信じておられました。だからこそクリスティナ様は、双子に生まれてきたフリーデ様とティアナ様の将来に、強い不安を抱かれたのです」

双子が生まれたと知ったら、あの王太后のことだ、どちらか一方を始末しろと言いかねない。

いや、二人とも殺してしまえと言い出すかも……。

嫁いでから十年近く続いた王太后の仕打ちに加え、三日三晩かかった双子の出産で限界を迎えてしまったクリスティナは、最後の力を振り絞って中指に嵌めていた指輪を引き抜いた。

そしてその指輪を、あとから生まれたティアナの手に握らせたのだ。

「ティアナ様のほうが、お生まれになったときの泣き声が大きかったのでございます。きっと丈夫な子だから、城から出しても元気に過ごせるだろうとクリスティナ様はおっしゃいました」

当時のことを思い出してか、ダーナの瞳には涙が浮かんでいた。

こうして、産湯に浸かってすぐ絹のおくるみに包まれたティアナは、ダーナの手により秘密裏に城の外に出された。ダーナは知り合いの騎士に金貨を握らせ、ティアナをなるべく遠くに連れて行くよう頼んだ。

「裕福な家の門前か、孤児院の前か……、頻繁に王都へ出向く人間がいるような家の前に捨てるのはよくないから、そこは考えるようにと申しました。フリーデ様とティアナ様はお生まれになった直後から、もうそっくりでしたもの。きっと騎士は考えた末に、孤児院が併設されているララス修道院にティアナ様を運ばれたのでしょう」

手に握らされた指輪は、旅の途中でおくるみに縫いつけられた。

ティアナを逃がすのは、あくまで王太后の魔の手から娘を守るため。

王太后が没したのちにティアナが王女として城に戻れるように、クリスティナは宝物の指輪を託すことでその道筋を示したのだ。

「先ほどロクシュ陛下がおっしゃっていたとおり、この指輪は、もとは陛下がクリスティナ様に愛の証として贈られたものなのです。お二人の結婚は王太后様の企みによるものではありましたが、それとは関係なく、お二人は深く愛し合っておられたのです」

「だが……愛するだけでは駄目だったのだ。本当に愛しているなら守るべきだった。母を敵に回してでも」

ダーナの言葉にかぶせるように、アマンディア国王ロクシュが苦悩に満ちた声を上げた。

「わたしはそれができなかった……十代で即位し、なんの経験もないまま国王になった当時のわたしにとって、母は決して逆らってはいけない存在だった。母がクリスを痛めつけるのも知っていたのに、見て見ぬフリをした。そのせいでクリスは弱っていき……出産に耐えきれずに亡くなってしまったのだ……！」

ロクシュの瞳にもまた涙が浮かんでいた。

クリスティナの死因は、出産時の大量の出血によるものと公表されている。

無論それもあっただろうが、クリスティナは双子を身ごもったときには食事も喉を通らない状態になっており、そもそも出産に耐えられる身体ではなかったそうだ。

それだけに、クリスティナが立て続けに二人を産み落としたあとで、一方の娘を逃がすように命じたという事実を知って、ロクシュは耐えきれないとばかりに涙を流しはじめた。

「なぜ……なぜ、ティアナの存在を隠していたんだ、ダーナ！　せめてわたしにだけは言ってくれてもよかったのに……！」

　血を吐くような叫びを漏らしたロクシュだが、すぐにはっとした表情を見せる。

「そなたは……クリスティナの乳母だった。当然……クリスを守らなかったわたしを恨んでいるだろう。話せないのは当然だな……」

　ダーナはわずかに眉をひそめつつも、小さく首を横に振った。

「お話ししなかったのはクリスティナ様がそう望んだからです。秘密はどこから漏れるかわからない。陛下は情に厚い方だから、娘がもう一人いると知ったらきっとなんとしてでも手元に置きたがる。それでは王太后様の目を欺くことはできないから――と」

　ロクシュは、今度は乾いた笑い声を漏らした。

「クリスのほうが、わたしより母の苛烈な性格をよく理解していたということだな……」

　ダーナはなにも言わなかったが、おそらくそうなのだろうとティアナには思えた。

「ダーナは離宮に幽閉された王太后が亡くなるまで、ティアナの存在は口外しないと誓っていたそうです。クリスティナ王妃の出産に立ち会った産婆も、もともと視力が弱く、耳の聞こえも悪い者を選んだと」

　オーガストがロクシュの背をなでながら補足する。ダーナもうなずいた。

「もう一人、わたしよりも老齢だった侍女も出産を見守りました。しかし彼女は五年前に老衰で亡くなっています。ですのでティアナ様の存在を知る者は、今はわたしだけとなりました」

ダーナ自身、赤ん坊のフリーデの世話をしながら、もう一人の王女のことは気がかりでたまらなかったそうだ。

だが少しでも探しに行くそぶりを見せたら、王太后になにか勘づかれてしまうかもしれない。

王妃クリスティナが亡くなったことで、とうとう母親と決別することを選んだロクシュは、王太后を北の離宮に生涯幽閉する決定を下した。

だが王太后の執念はその程度では冷めやらず、しょっちゅう離宮を抜け出しては逃げ回り、支持者を集め、王宮に返り咲こうと画策していたのだ。

——ティアナの存在が王太后に漏れたら、それこそ取り返しのつかないことになる。

そのためダーナは、務めてティアナのことを考えないようにして、記憶に硬く蓋をして過ごしてきたそうだ。

それだけに、フリーデが身代わりを頼んだ修道女見習いがティアナで、クリスティナの指輪を大切に持っていたことは、神の采配としか思えなかったらしい。

「すぐにでも『あなたは王女である』とティアナ様にお伝えしたかったのですが、王太后様が生きているうちは、やはり慎重にならざるを得なかったのです」

「ダーナが離宮のことを気にしていたのは、そこにお住まいの王太后様の容態が気がかりだったからなのね」

ティアナの言葉に、ダーナは深くうなずいた。

うなだれていたロクシュが、わずかに身体を起こす。

「わたしがここにくる前に離宮に寄ったのは……母を看取るためだ。母は一ヶ月前から容態が悪いと言われていて、わたしが到着したときには、もう息を引き取っていたよ」

実の母親が亡くなったわけだが、ロクシュの顔に悲しみはない。かといってすがすがしさもまったくなく、ただただ疲れたという感情だけが浮かんでいた。

「――まぁとにかく。元凶となった王太后は息を引き取り、生き別れた双子の姉妹はこうして出会うことができた。そのことを喜んでもいいのではないだろうか、ロクシュ殿」

悲しみによどんだ空気を振り払うように、オーガストがにっこりとほほ笑みかける。

ロクシュはのろのろと顔を上げたが、ふと気になることがあったようで、再びティアナとフリーデを見比べた。

「そういえば……フリーデはともかく、ティアナはなぜここにいるのだ？　ダーナの話を聞いて、オーガスト殿が修道院にまでティアナを迎えに行ってくれたのですか？」

ティアナとフリーデは顔を見合わせる。フリーデのほうが、すぐにこくんとうなずいた。

「それはわたくしがティアナに、わたくしの身代わりとしてユールベスタスに嫁いでほしいとお願いしたからよ。わたくしは護衛騎士のラモンを愛していて、彼と添い遂げたかったの」

「はっ……!?」

ロクシュが、本日何度目かの驚愕(きょうがく)の表情を浮かべた。

唖然とする父親に対し、フリーデは腹をくくった様子で打ち明けていく。

「ティアナは身代わりを引き受けてくれたの。そしてわたくしたちは修道院で入れ替わり、ティアナはフリーデとして王城に入ったわ。わたくしはラモンと南のほうを旅して、ユールベスタスの南方に落ち着いたの。あのあたりは海が近くて、いろんな国のひとが行き交うから、紛れ込むのに最適だったというわけ」

そうして騎士ラモンは腕っ節の強さを生かし、船の積み荷を運ぶ仕事についた。

港町に小さな家を買い、フリーデも慣れないながら炊事や洗濯をがんばりつつ暮らしていたそうだ。

だがある日、ラモンがひどい下痢に見舞われ倒れてしまった。

医者に診せられるほどの蓄えがなかったため、フリーデは自分が外で働いて日銭を稼ごうと試みた。

そうして仕事を探しはじめてすぐに、さる商人に「若い娘が稼げる商売がある」と言われて、ついていったわけだが――。

「そいつが奴隷商だったの。北のほうに連れて行かれて競りにかけられる寸前で、騎士を率いたオーガスト様に助けていただいたわ。そして王城に連れてきていただいて、わたくしのフリをして王妃となっていたティアナと再会できたのです」

フリーデにほろ苦く笑いかけられ、ティアナも同じような苦笑を返した。

――助け出されたフリーデが王城に入ったのは、つい昨日のことだ。

ティアナに事情を聞くため大急ぎで馬を飛ばしてきたオーガストと違い、不自由な奴隷生活ですっかり衰弱していたフリーデは、馬車でゆっくり移動せざるを得なかったのだ。

残してきた恋人の騎士を心配しすぎて助けられた直後は混乱していたというが、オーガストがすぐに南方に医師を向かわせたことで、今はこの通り落ち着いている。

娘の話を聞き終えたロクシュは、あまりのことにしばらく硬直してしまっていた。

「なんと言ったらいいのか……。とにかく、ユールベスタス王。フリーデを奴隷商から助けてくださったこと、父として心から感謝を申し上げる。そして……知らぬこととは言え、フリーデではなく違う娘を嫁がせてしまったことは、伏してお詫び申し上げる」

ようやく事態が飲み込めたらしいロクシュは、それこそ真っ青になって深く深く頭を下げてきた。

「頭を上げてください、ロクシュ殿。身代わりの件は昨日のうちにフリーデ王女からも何度も謝られました。正直もう謝罪は腹いっぱいです。それにわたしとしては、過去よりも今後どうしていくべきかを話し合いたいのです」

「どう……とは？」

そろそろと顔を上げたロクシュが首をかしげる。

「本来、わたしの結婚相手はフリーデ王女であったわけで、婚姻誓書にも彼女の名前が記されています。だが、わたしはこのティアナ王女を引き続き王妃として愛していきたいのです。そのためにはどうするのが最善かと思いましてな」

臆面もなく「愛したい」と口にするオーガストにロクシュは面食らった様子だが、すぐに国王の顔つきになって「ふむ……」とうなった。

「婚姻誓書への署名もある以上、当初の予定どおりフリーデを嫁がせたほうがよいのでは……」

「いやです！　わたくしはラモンと結婚したいの！」

「わたしもオーガスト様から離れたくありません！　オーガスト様のことを、わたしも深く愛しているんです……！」

フリーデのみならずティアナにまで強く主張されて、ロクシュはあからさまにうろたえた様子だ。

「だが、それでは……むーん……」

「ロクシュ殿、悩んでしまう気持ちはわかるが、わたしもティアナと引き離されるのは御免なのだ。――そこで一つ提案をさせていただきたい」

悩めるロクシュに手を差し伸べるがごとく、オーガストが明瞭に言った。

「どうか、ティアナ姫とフリーデ姫が、双子の姉妹であることを公表してくださいませんか？　国内外に、できる限りすみやかに」

「なんと……」

「その上で、わたしとフリーデ王女の婚姻を破棄して、ティアナ王女との婚姻を結び直す。──そうすればわたしは堂々とティアナを迎えることができるし、ティアナも、もう自分をフリーデであると偽る必要はなくなる。ティアナ王女として堂々と輿入れができます」

ロクシュはぽかんと口を開けて、ティアナとフリーデ、そしてオーガストを交互に見やった。

「確かに……それが一番現実的かもしれぬが……。しかし貴殿に離婚歴ができてしまうのは外聞が悪いのでは？　それに再婚相手が双子の姉妹のもう一方というのも……」

この心配を、オーガストは豪快に笑い飛ばした。

「外聞など、ティアナと今後も過ごせる幸運に比べればなんでもありません。それに、この方法を使うともう一ついいことがあります」

「いいこと？」

「離婚歴ができて困るのは男のわたしより、女性であるフリーデ王女でしょう。出戻りの王女を娶りたいという男性は、アマンディアにおいてもそう多くないのでは？」

ロクシュは答えなかったが、明らかに渋い顔をした。

「それこそ、彼女が愛する騎士のもとへ降嫁することになっても、誰も文句は言わないでしょう。この方法ならわたしとティアナはもちろん、フリーデ王女も愛する者のもとへ行くことができます」

ロクシュは両手で顔を覆って、ふーっと息を吐き出した。

「……貴殿の言うとおりだ。その案なら確かに、思い合う者同士で結ばれることができるな」

「それに、これはわたし側の都合ですが、王女となったティアナを娶ることができたら『アマンディアに偽物を掴まされた』と怒り心頭の重臣たちをも無事に黙らせることができるのですよ」

オーガストはティアナがフリーデの身代わりであった事実が、すでに城中に知られていることを説明した。

おかげで現在のティアナの立場が微妙であると聞いて、さしものロクシュもあせったような顔をする。

「ティアナは間違いなくわたしとクリスティナの娘、アマンディアの王女だ。なるほど、そういう事情があるなら、貴殿が急ぎたい理由もよくわかる」

思いがけない話にあわや放心気味になっていたロクシュは、娘の危機を察してか、気力を取り戻した様子でうなずいた。

「すぐにアマンディアに手紙を書いて、ティアナの王女承認を進めます。国に帰ったときには即座に公表できるように」

「そうしていただけるとありがたい」

オーガストが笑顔で右手を差し出すと、ロクシュはその手をしっかり握りしめた。

緊張の面持ちで事態を見守っていたフリーデが、涙を浮かべながらティアナにささやく。

「よかった。これでわたくしたち、お互いの愛するひとのところに行けるわ」

ティアナも同じようにほっとして、フリーデとぎゅっと抱き合った。

姉妹が抱き合う様子を見て、ロクシュがそわそわと声をかけてくる。

「その……ティアナよ。知らなかったこととは言え、これまでそなたを放っておくような真似をしてしまって……本当にすまなかった。フリーデもだ。ともに育つべきだった妹と引きはがしてしまって、本当に……申し訳なかった」

気づけばロクシュの瞳からは大粒の涙がこぼれていた。ティアナはあわてて首を振る。

「とんでもありません。それにわたしは決して不幸に育ったわけではないのです。ララス修道院の院長先生をはじめ、修道女たちには本当によくしてもらいました。孤児たちと遊ぶのも楽しかったですし、町の方々も親切にしてくれて、本当に楽しく暮らせていたんです。だから謝らないでください……お、お父様」

恥ずかしさを感じながらもそう呼びかけると、ロクシュは笑顔になるどころか、声を上げて本格的に泣き出してしまった。

フリーデがあきれたように笑い、ティアナがあわてふためくのを、オーガストもまた嬉しげに見つめるのだった。

＊　＊　＊

――ユールベスタス王国での歓待を受け、アマンディアに帰国したロクシュ王は、その翌日にはフリーデと双子であるティアナ王女の存在を国内外に公表した。

ティアナ王女は生まれたときから身体が弱く、南方でずっと療養していたが、晴れて健康になったのでお披露目(ひろめ)することになった――というのが表向きに作られた理由だ。

同時に、ティアナがユールベスタス国王オーガストに嫁ぐことも一緒に発表された。

先に嫁いでいたフリーデが、ユールベスタスの水が合わずに体調を崩し帰国せざるを得なくなったから、というのが公の理由である。

「――そのせいか、巷(ちまた)では『麗しの姉妹愛』として話題になっているそうよ。『無念の帰国をした姉に変わり今度は妹が国のために隣国へ嫁ぐ。これぞ双子の王女の絆』とかなんとか」

フリーデがおかしそうに肩をすくめる。逆にティアナは「真相が知れたら大変なことになりそう」と複雑な笑みを浮かべた。

季節は秋に移ろいはじめていた。

双子の姉妹は、ティアナを王女として公表する際にフリーデと二人並んで立ったほうが説得力があるからという理由で、一度アマンディア王国に戻ることになった。

オーガストは最後までこれを渋っていたが、ティアナが「せっかくだから家族に挨拶したい。母の墓参りもしたいし、ララス修道院にも連絡したい」と希望すると、しぶしぶ……本当にしぶしぶ、彼女のアマンディア行きを許可してくれた。

それでもそうとう離れがたかったのか、国境までわざわざ送ってくれた。別れる前の日など明け方近くまでティアナを熱烈に抱きしめ、離そうとしなかったほどだ。

そうしてアマンディアの王城に入ってからは、家族との対面やお披露目の儀式などが立て続けに入り、かなりめまぐるしい日々だった。

だが、それらもようやく昨日で片がついた。

今日はようやく、ユールベスタスに出発する日である。

「まさか輿入れを二回することになるなんて思いませんでした」

「結婚式もまた挙げるのでしょう?」

「そのようです。王都に到着したらそのまま聖堂に向かうと言われました」

ティアナの言葉にフリーデはころころと笑った。

「愛されているわね。ごちそうさま」

「それを言うならフリーデ様だって。聞きましたよ、恋人の騎士様のこと。ひどい下痢と発熱で朦朧（もうろう）としていたにもかかわらず、フリーデ様が奴隷商に連れ攫われたと聞いて必死に探し回っていたって」

――オーガストが派遣した医師が道ばたに倒れていた彼を発見し、即座に治療したことでなんとかなったが……発見がもう少し遅かったら手遅れになるところだったらしい。

それほどの病に冒されながらも、フリーデのために必死になっていたという事実を知らされて、フリーデを彼に嫁がせることをしぶっていたアマンディア国王ロクシュも、最後は二人の仲を認めたとのことだ。

フリーデもティアナと同日に王城を出発し、国境の関所で、療養を終えた恋人と再会する予定になっている。

世間的には離婚したばかりということになるので、フリーデはしばらく南方の保養地で過ごすことになっていた。恋人の騎士はその護衛としてついていくわけだ。

そのため、アマンディア王城を出発するときのティアナとフリーデは、それぞれ幸せいっぱいの笑顔を浮かべていた。

それこそ見送る側の王族たちが、なんとも言えぬ複雑そうな顔になるほどである。

「家族との別れをもっと惜しんでくれてもいいじゃないか……。特にティアナ。儀式ばかりじゃなく、もっと家族らしいこともたくさんしたかったのに」

「駄目だな。あれはもう完全に、愛する男と会うことしか考えられないという顔だ」

アマンディアの王族たちは口々に嘆きながらも、ティアナとフリーデを「元気でやるんだぞ」と見送ってくれた。

旅は順調に進み、最初の輿入れと同じくらいの日数で国境へ到着する。

関所にはユールベスタスの一行がすでに迎えにきていた。その最前列にオーガストの姿を見つけ、ティアナは気持ちがはやるままに馬車が停車すると外へ飛び出してしまう。

「――ティアナ！　ようやく会えたな」

「オーガスト様！」

笑顔で両腕を広げるオーガストの胸に、ティアナは涙ぐみながら飛び込んだ。

力強い腕と鼻先をかすめる香りが懐かしくて、喜びのあまり身体中から力が抜ける思いだ。

「二週間も離ればなれで、気が気ではなかったぞ。里心がついたらどうしようかと思った」

ティアナを抱きしめながら、オーガストが冗談とも本気ともつかない声を漏らす。

ティアナはうんうんうなずきながら、彼の首筋にしがみついた。

そうして再会をひとしきり喜び身体を離すと、視界の端にフリーデと騎士の姿が見えた。

身代わりや奴隷商の件で大勢に迷惑をかけたことを恥じてか、フリーデはこの二週間、ティアナと二人きりのときでさえ泣いたりわめいたりすることはなかった。

それなのに今は、涙で顔中がぐしゃぐしゃになるほど大泣きしている。彼女を抱きしめる騎士も涙ぐんでいて、それを見たティアナまで感動で胸が熱くなった。

「フリーデ様……」

「あ、ティアナ……。ご、ごめんなさい、人前でみっともない姿を見せてしまったわ」

恥じらうフリーデに対し、ティアナはにっこりと笑顔を浮かべた。

「まだ早いかもしれませんが、ご結婚、おめでとうございます。……今度はそう祝福して、お二人が出発するのを見送れますね」

呆然と目を見開いたフリーデは、その言葉を聞くなり再び泣き崩れた。

駆け落ちを経験したからこそ、祝福を受けて結婚できることが嬉しくてしかたないのだろう。

「ありがとう、ティアナ。なにもかもあなたのおかげよ……。あなたも結婚おめでとう。幸せになってね」

「はい。フリーデ様……お姉様も、お元気で」

二人の姉妹は固く抱きしめ合い、そっくりの笑顔でお互いの門出を祝う。

そうしてフリーデはアマンディアの南方へ、ティアナはユールベスタスの王都へと、それぞれ歩きはじめたのだった。

＊　＊　＊

「戻ってきたら、すぐに挙式だからな」

とユールベスタスの去り際にオーガストが言っていたのは、冗談でもなんでもなかった。

ティアナは王都に入るなり王城の敷地内にある聖堂へと連れて行かれ、そこの控え室でウエディングドレスに着替えさせられた。

フリーデとして誓いを立てたときと違う、ふんわりと広がったスカートが可愛らしいドレスだ。なんでもティアナがアマンディアに旅立ってすぐ、オーガストが特注した品らしい。

「ヴェールも宝石も、すべてティアナ様のためにあつらえたものです。結婚式の規模こそ、表向き再婚ということになるので、こぢんまりしたものになりますが……。だからこそ、王妃の装いは豪華にせよと仰せでした」

ティアナを着付けながら、女官長がほほ笑みとともに教えてくれる。

彼女はもちろん久々に会う侍女たちも開式を知らせにきたリックも、みんなが笑顔だ。

フリーデではなくティアナと呼ばれることも嬉しくて、挙式の前だと言うのにティアナは感動で泣き出しそうになった。

支度を終え、リックにともなわれて聖堂に入ると、真っ白な服を着た子供たちが聖歌を歌いはじめる。

歌っているのが王都の孤児院に住む子供たちであることに気づき、ティアナは大きく息を呑む。

一番端っこで歌っていたガイがティアナと目が合うと恥ずかしそうに視線を逸らすも、すぐにニヤッとほほ笑んだのを見て、胸がいっぱいになってしまった。

感動で胸を震わせながらバージンロードを歩いて行ったティアナに、祭壇の前で待っていたオーガストが得意げにほほ笑む。さながら企みが成功した子供のような笑みだった。

「世間的には、離縁したフリーデとあなたは別の人間となっているのだがな。あなたを慕う子供たちには、良心の呵責（かしゃく）に耐えきれずに真実を話してしまった。許せ」

「許すどころか……最高の贈り物ですわ」

ティアナは涙ぐみながらオーガストにほほ笑みかける。

そうして二人は祭壇の前に並び、結婚の誓いを立てた。

一回目の結婚式では、別人を騙って結婚する罪をお許しくださいと神に祈った。

二回目の今回はそんなうしろ向きな思いを持つことはいっさいない。

迷いない筆致で、ティアナは自分の名を婚姻誓書に署名した。

「では、誓いの口づけを――」

司教に促され、オーガストがティアナのヴェールを持ち上げる。彼は「世界一きれいだ」とつぶやいて、ティアナに優しく口づけた。

祝福の鐘が鳴らされる。わぁっと歓声が上がって、聖堂の中が拍手でいっぱいになった。

手を叩く参列者の中には、ティアナを捕らえよと命じた古参の大臣の姿もある。

彼はティアナと目が合うと途端に小さくなって、その節は申し訳なかったとばかりにぺこりと頭を下げた。

「もう誰も、わたしたちが結ばれることを阻む者はいない。ティアナ、愛している」

オーガストがティアナの肩を抱いて、力強く愛を告げてくる。

ティアナも幸せいっぱいの笑顔を浮かべて「わたしも愛しています」と心から伝えるのだった。

祝宴を終え、久々に足を踏み入れた王妃の部屋は、ここを発つ前となんら変わらず美しく整えられていた。

……いや、よく見れば衣装棚に吊(つる)されたドレスの数は倍になっているし、それまでなかった本棚や書き物机も、奥の部屋に用意されていた。

「勉強熱心な王妃様には今後はこれらも必要になるだろうという陛下のお計らいです。本棚に用意されている本は、イーサン様からの結婚祝いとのことです」

「まぁ、ありがたいわ。これからもっと勉強してがんばらないといけないわね」

ティアナは感謝の気持ちに胸を震わせながら本棚を眺め、磨き抜かれた机の表面をそっとなでる。王城に帰ってきてから感動しっぱなしで、また涙が出そうだ。

やがて湯の用意ができたと侍女が呼びにくる。ティアナは衣装室でドレスを脱いで、下着姿で浴室に向かった。

「ティアナ様が戻っていらしてわたしどもも本当に嬉しいです。でもダーナさんがいないのは少しさみしいですね」

脱衣所でティアナのコルセットの紐を解きながら、侍女の一人が声をかける。ティアナもしんみりした笑顔でうなずいた。

「生まれた国で余生を送りたいのですって。亡き旦那様のお墓参りもずっとできなかったみたいで……。これからはお国のお孫さんのお世話になるそうよ」

ティアナもそれを聞いたときはひどく驚いた。てっきり自分とともにユールベスタスにきてくれるか、フリーデについて行くかと思っていたのだ。

『ティアナ様にもフリーデ様にももう立派な旦那様がいらっしゃいます。最近は足腰も弱って侍女勤めも大変になってきましたし、老いたわたしの出る幕はもうありませんよ』

ダーナはそう言って優しくほほ笑んで見せた。

気がかりだった双子の王女がそれぞれの道を歩み出すと決めたことで、すっかり肩の荷が下りたらしい。ハラハラし通しだったぶん、残りの人生はゆっくりしたいとのことだった。

侍女たちはなるほどと納得して、ティアナの髪や身体を洗ってくれる。

侍女たちは久々にティアナの世話を焼けるのが楽しいようだ。入浴はいつも一人で済ませてしまうティアナだが、今日ばかりは侍女たちのやりたいようにやってもらった。

「さぁ、そろそろ陛下のおなりですね。陛下ったら、初夜のための夜着まであつらえておいでですよ」

「しょ、初夜と言っても、二度目なのに……」

「だからこそ、大切にされたかったのでしょう。さ、これがその夜着です」

侍女の一人が広げたのは、裾に小花模様があしらわれた絹製の一着だ。裸のまま身につけると、薄い生地が肌を滑ってとても気持ちいい。

ただ、襟ぐりが少々開きすぎなのが恥ずかしかった。

「では、わたしどもはこれで下がらせていただきます」

侍女たちが「がんばってください」とでも言いたげな顔で挨拶してくる。ティアナは真っ赤になってうなずいた。

「もう……、はじめてではないというのに、緊張してしまうじゃない」

寝台に腰かけながら、ティアナはほーっと息を吐く。

そもそもオーガストは国境から王都までの道中、ティアナのことを決して離そうとしなかった。夜はもちろん、言わずもがなだ。

夜ごと熱烈に愛されたことを思い出し、ティアナの頬はかっかっとさらに熱くなる。

思い出さないようにしよう、心臓が保たないわと記憶を振り払ったところで、オーガスト本人が入ってきた。

「すまない、待たせたな。……前回の初夜で待たせてしまったから、今回は早くこようと思ったのに、また重臣どもに捕まってしまった」

やれやれと言わんばかりに首を振って、オーガストはティアナにまっすぐ歩み寄ると、そのくちびるに軽くキスをした。

「きちんと洗ってきたつもりだが、酒臭くはないよな？　わたし自身は飲まなかったが、酒臭い野郎どもに囲まれていたから心配だ」

自分の手首あたりをくんと嗅いで、オーガストが眉を寄せる。ティアナはくすくすと笑った。

「石けんの香りしかしませんわ、陛下」

「よかった。それなら遠慮なくあなたを愛することができるな」

オーガストはにっこり笑うと、さっそくティアナを仰向けに倒し、キスを仕掛けてきた。

「この夜着も思った通りよく似合うな。花嫁衣装もすばらしかったが、こちらも天使が降りてきたようだ」

「お、大げさです……。あの、ドレスもそうですが、机などもありがとうございます」

「気に入ったか？」

「はい！　これからもっとがんばりますね」

「その意気込みは買うが、また無理して倒れることのないようにしてくれ」

「……では、陛下も夜はお手柔らかにしてくださいます？」

「ときと場合によるな。ちなみに今夜は絶対的に無理だ。ようやくあなたと――ティアナと結婚できたのだから」

オーガストはにやりとほほ笑み、ティアナの銀髪を掻き上げ形のいいひたいにキスを落とした。

「可愛いティアナ。あなたのことは何度抱いても抱き足りない」

「んっ……」

むさぼるようにくちびるに吸いつかれて、ティアナは自然と口を開く。すぐに舌が絡め取られて、ティアナは身体がたちまち熱くなるのを感じた。

舌を絡ませるキスの合間に、オーガストの手は絹の夜着越しに乳房のふくらみをなでてくる。

ツンと尖った乳首が薄い生地を押し上げているのがなんとも卑猥だ。オーガストがおもしろがって生地の上から乳首を咥えてくるから、より羞恥心が煽られる。

「あ、んっ……！　や、やぁ、もどかしいです……っ」

布越しに乳首を舐められるとオーガストの動きに合わせて生地が擦れて、なんとも言えないくすぐったさが湧きあがる。

オーガストは聞こえないふりで、両方の乳首を生地越しに吸い上げる。真っ白な絹がそこだけ唾液で濡れているのを見て「なんともいやらしいな」とにやりとした。

「い、いやらしいのはオーガスト様です……っ」

「あなたが相手だとどうにも抑えが利かなくなるのだ」

だから許せと尊大に言って、オーガストはティアナの背に手を入れる。彼女の身体を少し浮かせると、夜着の肩をするりと落とした。

「あ……」

乳房がふるりと揺れながら顔を出して、ティアナは目元を赤らめる。舐めしゃぶられた乳首はツンと勃ち上がり、もっと舐めてくれと言わんばかりに色濃くなっていた。

「何度見ても可愛い胸だ」

「きゃ、あぁう……っ」

ティアナを引き起こしながら、オーガストは彼女の乳首をぬるぬると舐め転がしてくる。

膝立ちになったティアナはオーガストの頭を抱え込み、乳首からの刺激に必死に耐えた。

やがて滑らかな夜着がすとんと膝まで落ちる。オーガストはティアナの真っ白な太腿から臀部までを、愛おしげになでた。

「ああ、もう濡れているね」

オーガストの手が秘所に移り、浅いところをくすぐってくる。

ティアナは「ん……」と鼻にかかった声を漏らして、オーガストの黒髪に鼻先を埋めた。

「可愛い声だ。さぁ、もっと熱く濡らすといい」

「……あっ、あぁ……、あんっ……」

蜜口に指を入れられ、ティアナは膣壁を緩く擦られる快感に身悶える。

彼女のいいところをすっかり熟知しているオーガストは器用に指を動かしながら、彼女の首筋をきつく吸い上げた。

「あぁあん……っ」

痕をつけられるかすかな痛みと下肢から湧き上がる快感が同時に身体を支配して、ティアナはうっとりと目を伏せる。

快感が募ってそろそろ達しそうだと思ったところで、オーガストは指を引き抜いた。

どぷっと蜜があふれる感覚に恥じ入りながらも、ティアナはそっとオーガストを見やる。

「今日はあなたのほうから、わたしを迎え入れてくれないか？」

「え……？」

オーガストがごろんと仰向けになる。

「さぁ、わたしの腰をまたいで。あなたが自分でこいつを入れてみてくれ」

こいつと言いながら、オーガストは自身の肉竿をそろりとなでる。それはすでにみっしりと張り詰め、天を向いていた。

「わ、わたしからですか……っ？」

ティアナはひっくり返った声を上げる。オーガストは「そうだ」とはっきりうなずいた。

（で、できるかしら。できたとしても……）

彼にじっと見つめられたまま、自分から彼の一部を迎え入れるなど……。

（……恥ずかしすぎるわ！）

しかし恥ずかしいと言ったところで、じゃあやらなくていいということにはおそらくならないだろう。こちらを見つめるオーガストの顔は期待に満ちている。

ティアナはせめてもの抵抗で「め、目は閉じていてください」と頼んだ。

オーガストがきちんと瞼を伏せるのを確認してから、ティアナは意を決して彼の腰をまたぐ。

長大な肉竿の先端がティアナの秘裂をぬるっと滑ってきて、彼女は思わず「んっ」と声を漏らしてしまった。

なんとか入れようとするも、あふれる蜜のせいでぬるぬる滑って上手くいかない。

たまに彼の先端が花芯をかすめてくると気持ちよさで腰が蕩けてしまいそうで、彼女は顔をくしゃっとさせた。

「難しいです……」

「わたしのをしっかり摑んで、固定してから入れるんだ。できれば君自身も入り口を指で広げてごらん」

目を閉じていてもティアナのあせりと奮闘ぶりが伝わるのだろう。オーガストは抑えきれない笑いで肩をくつくつ揺らしながら、そう指示してきた。

なんとも情けない上、恥ずかしさに真っ赤になりながらも、彼女は健気に自身の蜜口を指で広げる。そして彼の竿部をそろそろと握った。

（あ、熱い……）

それにじっとり湿っている。手のひらに伝わってくる生々しさによりドキドキしながら、ティアナはつるりとした先端を自身の蜜口にそっと押し当てた。

「そう、そのまま腰を落とせばいい。簡単だろう？」

「ど、どこが簡単……、んんぅっ……！」

なんとか先端が入ったはいいものの……腰を落とせばそれだけ彼の竿部が膣壁を擦っていくので、腰のあたりがぞくぞくして膝が震えてしまう。このまま奥まで入れたら簡単に絶頂へ飛びそうだ。

ティアナは半ばまで呑み込んだところで悲痛な声を上げた。

「も、もう無理ですから許して……、きゃあうっ！」

許してくれるオーガストではなかった。それどころかティアナが動きを止めた途端に、彼女の腰をしっかり掴んで下からどちゅんっと突き入れてくる。

おかげで燻（くすぶ）っていた最奥が一気に熱くなって、ティアナは声も出せずにがくがく震えてしまった。

「あ、あ、う……っ」

「なんだ、達してしまったのか？」

完全に確信犯の顔でにやりと笑うオーガストを、ティアナははぁはぁとあえぎながら恨みがましくにらみつけた。

「お、オーガスト様の、せいなんですから、ぁ……っ」

「そうは言うが、あんなにゆっくり挿入されるのはわたしにとってももどかしすぎた。ちょっとしたお仕置きだな」

「……あ、あっ、やぁ……！　動かな、で……、きゃあぁあう……！」

下からずんずん突き上げられて、ティアナは喉を反らして身悶えてしまう。

オーガストが手を伸ばして乳房を揉んでくるのも、身体をわずかに起こして乳首を吸い上げてくるのも、たまらなく気持ちよかった。

「はっ、あぁ、ああ……っ」

湧き上がる快感が、羞恥心を徐々に上回っていく。下から突き上げられる気持ちよさに、ティアナの腰も自然と揺らいできた。

「はっ、あぁ、う、うぁああん……っ」

「そうだ、もっと自分で動いて……気持ちいいところを探してごらん？」

「ひあぁああう……っ」

感じすぎてすすり泣きながら、ティアナはオーガストの腹部に手を置いてぎこちなく腰を動かす。

動きに合わせて乳房がふるふる揺れるのを見て、オーガストも満足げに喉を鳴らした。

「ああ、本当に……あなたはなにをしていても愛らしい」

「ん、んぅっ……」

オーガストの手がティアナの後頭部に回って、ゆっくり引き寄せる。ティアナが身体を倒すと同時に、オーガストは彼女のくちびるに吸いついてきた。

「は、んぅ……、んっ……」

オーガストの上に身体を伏せて、ティアナはうっとりとキスに酔いしれる。

だが彼が腰を動かしてきたため湧き上がる快感に耐えきれず、首を振って口づけから逃れてしまった。

「あっ、あっ！　だ、だめぇ……っ、んあぁあああ……ッ！」

腰の奥から熱い愉悦が生まれて、全身を燃え上がらせる。

ティアナはか細い声とともにがくがくと震えて、頭が真っ白になるほどの絶頂に見舞われた。

「あ、あ……っ」

全身がこまかく震えてしまって力が入らない。

くたりとオーガストの胸に倒れ込むと、彼は小さく笑ってティアナの身体に腕を回した。

そのままくるりと身体を反転させて、今度はティアナが仰向けになった上に、オーガストが覆いかぶさる。

足を大きく開かされたと思ったら最奥までずんっと突かれて、まだ絶頂から覚めやらぬティアナは「あぁあん！」と大きな声を上げてしまった。

「はっ、あう……、オーガスト、さま……、あぁああぁ……！」

そのままガツガツと奥を突かれて、ティアナは目を見開いてがくがくと震えてしまった。

「すまないな、わたしもそろそろ一度達しておきたい……」

「あ、あぁ、う、んぅっ、んあぁああう……！」

激しく揺さぶられて、ティアナは快感の渦に放り込まれたような感覚に陥る。

必死で彼にしがみつくと、オーガストは彼女の髪をなでてくちびるに強く吸いついてきた。

「んんんン……ッ！」

激しく舌を絡めるうち、抽送も容赦ないものになっていく。腰奥から湧き上がる愉悦に全身がじりじりと熱くなり、ティアナは胸を大きくあえがせた。

オーガストの呼吸も余裕のないものになっていく。ティアナを抱きしめる腕も合わさった胸もじっとりと汗ばんできて、興奮が否応なく煽られた。

「あ、んっ、んぅ……！　熱い、の……、あぁああ……ッ！」

「奇遇だな。わたしもだ……そろそろ……っ」

「んあっ、あ、きゃあああッ……！」

ぐちゅぐちゅと音が立つほど激しく抽送されて、ティアナはどうしようもなくがくがくと震える。

再び熱がはじけそうになったとき、オーガストがひときわ大きく腰を突き入れ、甘いうめき声を漏らした。

「ひゃぁあう……ッ！　……ッ！」

最奥にどくんっと注がれた白濁の熱さを感じて、ティアナのつま先がびくびくっと激しく引き攣る。

痛いくらいに抱きしめてくる彼の腕にも首筋をくすぐる熱い吐息にも感じてしまって、彼女もまた絶頂に引きずり込まれた。

「は、う……っ、んんんっ……」

まだ震えが収まらないうちに口づけられて、感じすぎたティアナはされるがままになってしまう。

ようやく口づけから解放されて、オーガストが身体を起こしたときには、ティアナは息も絶え絶えになってしまっていた。

「は、はぁ、はぁ……」

「大丈夫か？」

優しく頭をなでられて、ティアナはこくんとうなずく。

無意識に彼の首筋に腕を回すと、オーガストは嬉しそうに彼女のひたいに口づけた。

「愛しています、オーガスト様」

身も心も満たされたためか、言葉が自然とくちびるから滑り出てくる。

オーガストも「わたしもだ」とほほ笑んだ。

「あなたのことが愛おしくてたまらない。ティアナ……我が最愛の王妃よ」

ティアナの手を取り、オーガストはその指先にうやうやしく口づけてくる。愛情と敬愛に満ちた彼の呼びかけに、ティアナは胸を震わせた。

「もう決して離さない。生涯、ともに歩んでくれ」

「もちろんです。オーガスト様……ずっとおそばにいさせてください」

二人は幸せに満ちた笑みを浮かべて、どちらともなくくちびるを重ね合わせる。

そうしてふれあっているうちに官能の炎も再燃してきて、気づけばまた互いの腰が揺れはじめた。

きっと明日はまた足腰が立たなくなるわ——そう思いつつも、ティアナも今だけはオーガストとの蜜月に酔いしれる。

ようやく結ばれた恋人たちの夜は、その後も熱く激しく、幸せとともに続いていったのだった。

あとがき

こんにちは、もしくは、はじめまして。佐倉紫と申します。

このたびは本作をお手にとっていただき、ありがとうございます。

ありがたいことにヴァニラ文庫様から二作品目を出させていただくことになりました。

前作も楽しく書かせていただきましたが、今作も自分が大好きな世界観を存分に書かせていただき、本当にありがたく思っております。


今回のテーマはズバリ『身代わりもの』。

ＴＬジャンルが出てきた頃から変わらず愛される不変のテーマですね。

かくいうわたしは身代わりものの作品で作家デビューいたしましたので、自然とこのジャンルには力が入ってしまいます（笑）

今作のヒロイン・ティアナは修道院の前に捨てられていた孤児。成長した現在は修道女見習いとして暮らしていました。都に住まう王女とそっくりらしいと聞いていたものの、本当にそっくりな王女様がわざわざ自分のもとを訪ねてきてびっくり。おまけに王女は「わたしの身代わりとして隣国の国王に嫁いでくれ」と言うではありませんか！

突然の、しかもとんでもないお願いにティアナがどう応えていくのか。ハラハラどきどきしながら読み進めていただければと思います。

彼女を迎える隣国の国王が、今作のヒーロー・オーガストになります。寛大で大人な男性を目指して書いてみたのですが、ふたを開けると……あらら、ヒロインを愛しすぎるあまりちょっと絶倫が過ぎるのでは？　なんというところも（笑）

二人の恋模様をはじめ、王国のため奮闘する様子も楽しんでいただければと思います。

そしてイラストを担当してくださったKRN先生、このたびは本当に素敵なイラストをありがとうございました！　キャララフを受け取ったとき、ティアナがあまりに可愛らしくて「可愛い～！」と大興奮でした。オーガストももちろん格好いい！　この場を借りて御礼を申し上げます。

そして担当様をはじめとする出版関係の皆様も本当にありがとうございました！　まだまだ不慣れな部分もあり、今回もご迷惑をおかけしてしまいました。根気よく指導してくださりありがたい限りです。機会がありましたらまたぜひよろしくお願いします。

そして本作をお手にとってくださった読者様、本当にありがとうございました。

今の世の中、いろいろ大変だったり、息苦しく感じるという方も多いかと思います。そんなときだからこそ、甘い物語に一時でもひたっていただき、ほんわかした気持ちになっていただけましたら作者としては望外の喜びです。

今後も読者様に楽しんでいただける作品作りに精進いたしますので、何卒よろしくお願いいたします。

またお目にかかれる日まで、どうか皆様お元気でお過ごしください。

佐倉紫

原稿大募集

ヴァニラ文庫では乙女のための官能ロマンス小説を募集しております。
優秀な作品は当社より文庫として刊行いたします。
また、将来性のある方には編集者が担当につき、個別に指導いたします。

◆募集作品

男女の性描写のあるオリジナルロマンス小説（二次創作は不可）。
商業未発表であれば、同人誌・Web 上で発表済みの作品でも応募可能です。

◆応募資格

年齢性別プロアマ問いません。

◆応募要項

・パソコンもしくはワープロ機器を使用した原稿に限ります。
・原稿は A4 判の用紙を横にして、縦書きで 40 字 ×34 行で 110 枚 ~130 枚。
・用紙の 1 枚目に以下の項目を記入してください。
　①作品名（ふりがな）/②作家名（ふりがな）/③本名（ふりがな）/
　④年齢職業 /⑤連絡先（郵便番号・住所・電話番号）/⑥メールアドレス /
　⑦略歴（他紙応募歴等）/⑧サイト URL（なければ省略）
・用紙の 2 枚目に 800 字程度のあらすじを付けてください。
・プリントアウトした作品原稿には必ず通し番号を入れ、右上をクリップなどで綴じてください。

注意事項

・お送りいただいた原稿は返却いたしません。あらかじめご了承ください。
・応募方法は必ず印刷されたものをお送りください。CD-R などのデータのみの応募はお断りいたします。
・採用された方のみ担当者よりご連絡いたします。選考経過・審査結果についてのお問い合わせには応じられませんのでご了承ください。

◆応募先

〒100-0004　東京都千代田区大手町 1-5-1　大手町ファーストスクエアイーストタワー
株式会社ハーパーコリンズ・ジャパン　「ヴァニラ文庫作品募集」係

身代わり姫は隣国の勇猛王に溺愛される

Vanilla文庫

2022年9月5日　第1刷発行　定価はカバーに表示してあります

著　者　佐倉 紫　©YUKARI SAKURA 2022
装　画　KRN
発行人　鈴木幸辰
発行所　株式会社ハーパーコリンズ・ジャパン
東京都千代田区大手町1-5-1
電話　03-6269-2883（営業）
0570-008091（読者サービス係）

印刷・製本　中央精版印刷株式会社

Printed in Japan ©K.K. HarperCollins Japan 2022 ISBN978-4-596-74868-3